STS
山田社

STS
山田社

すぐ日本語をしゃべりたいあなたに

☆ 獻給馬上想要說日語的您 ☆

輕便本 去日本玩說的日語這樣學就行啦

西村惠子◎著

山田社

《去日本玩說的日語，這樣學就行啦》出輕便本囉！

這樣就能方便您隨身攜帶，想學就學，走到哪，學到哪。
日圓貶值啦！走！出發到日本玩囉！（好心情喔~♥♥♥）

想玩中途下車、想去日本邊玩邊買賺旅費、要去探索不一樣的日本、能去越多越特別的地方越好...想怎麼玩，就怎麼玩吧！

為了這樣的您，我們精心準備了，馬上就能上手的「簡單句型×輕鬆手繪單字」的旅遊日語。特色是：

（1）一起來變身成日本人，到日本一定要說的寒暄句。

（2）走！出發囉！令人小鹿亂撞的機場句子！

（3）就是要大玩特玩的句子。

（4）享受人氣美食、飯店的句子。

（5）把卡刷爆也不怕的購物句子。

（6）沙龍體驗女人味滿點的句子。

（7）遇到生病、事故、災難也能完全因應的句子。

目錄

メモ記入欄

PART 1

日本人天天說的句型

T1- 1

1

是 ＿＿ 。

名詞＋です。
desu

林 リン 林 rin 	山田 やまだ 山田 yamada 	書 ほん 本 hon 	腳踏車 じてんしゃ 自転車 jitensha 

たなか
田中です。
Tanaka desu
我是田中。

がくせい
学生です。
gakusee desu
我是學生。

2

是 ＿＿ 。

數量＋です。
desu

一千日圓 せんえん 千円 senen 	一個 ひと 一つ hitotsu 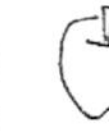 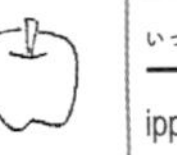	一杯 いっぱい 一杯 ippai 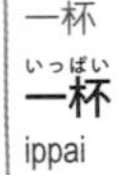 	兩支 にほん 二本 nihon 

ごひゃくえん
500円です。
gohyaku-en desu
500日圓。

にじゅう
20ドルです。
nijuu-doru desu
20美金。

3

□ 。

形容詞+です。
desu

 冰冷 冷(つめ)たい tsumetai 	快樂 楽(たの)しい tanoshii	快速 速(はや)い hayai 	好吃 おいしい oishii 

高(たか)いです。　　昂貴。
takai desu

寒(さむ)いです。　　寒冷。
samui desu

4

□是□ 。

名詞+は+名詞+です。
wa　desu

他／美國人 彼(かれ)／アメリカ人(じん) kare　amerika-jin 	那是／大象 あれ／象(ぞう) are　zoo 	姊姊／模特兒 姉(あね)／モデル ane　moderu 

私(わたし)は学生(がくせい)です。　　我是學生。
watashi wa gakusee desu

これはパンです。　　這是麵包。
kore wa pan desu

T1- 2

5

　　的　　。
名詞＋の＋名詞＋です。
no desu

妹妹／雨傘	義大利／鞋子	法國／麵包
妹（いもうと）／傘（かさ） imooto kasa 	イタリア／靴（くつ） itaria kutsu 	フランス／パン furansu pan

私（わたし）のかばんです。
watashi no kaban desu
我的包包。

日本（にほん）の車（くるま）です。
nihon no kuruma desu
日本車。

6

是　　嗎？
名詞＋ですか。
desuka

台灣人	美國人	泰國人	義大利人
台湾人（たいわんじん） taiwan-jin	アメリカ人（じん） amerika-jin 	タイ人（じん） tai-jin 	イタリア人（じん） itaria-jin 

日本人（にほんじん）ですか。
nihon-jin desuka
是日本人嗎？

どなたですか。
donata desuka
是哪一位？

7

□是□嗎？

名詞＋は＋名詞＋ですか。

wa desuka

出口／那裡	國籍／哪裡	籍貫，畢業／哪裡
出口（でぐち）／あそこ deguchi asoko	国（くに）／どこ kuni doko	ご出身（しゅっしん）／どちら gshusshin dochira

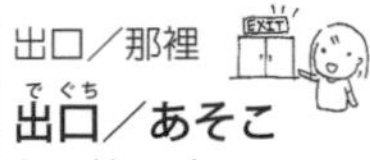

トイレはあそこですか。 廁所是那裡嗎？
toire wa asoko desuka

駅（えき）はここですか。 車站是這裡嗎？
eki wa koko desuka

8

□嗎？

名詞＋は＋形容詞＋ですか。

wa desuka

這個／好吃	價錢／貴	房間／整潔
これ／おいしい kore oishii	値段（ねだん）／高（たか）い nedan takai	部屋（へや）／きれい heya kiree

ここは痛（いた）いですか。 這裡痛嗎？
koko wa itai desuka

駅（えき）は遠（とお）いですか。 車站遠嗎？
eki wa tooi desuka

T1-3

9

不是＿＿。

名詞＋ではありません。

dewa arimasen

河川	派出所	公車	紅茶
川（かわ） kawa 	交番（こうばん） kooban	バス basu	紅茶（こうちゃ） koocha

イ タ リ ア 人（じん）ではありません。 不是義大利人。
itaria-jin dewa arimasen

辞書（じしょ）ではありません。 不是字典。
jisho dewa arimasen

10

＿＿喔！

形容詞＋ですね。

desune

甜的	苦的	有趣的	方便
甘（あま）い amai 	苦（にが）い nigai 	面白（おもしろ）い omoshiroi 	便利（べんり） benri  

暑（あつ）いですね。 好熱喔！
atsui desune

寒（さむ）いですね。 好冷喔！
samui desune

11

＿＿喔！

形容詞＋名詞＋ですね。
desune

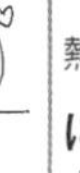

好／天氣	好吃／店	熱鬧的／地方
いい／天気(てんき)	おいしい／店(みせ)	にぎやかな／ところ
ii tenki	oishii mise	nigiyaka na tokoro

きれいな人(ひと)ですね。　好漂亮的人喔！
kiree na hito desune

楽(たの)しい旅行(りょこう)ですね。　好愉快的旅行喔！
tanoshii ryokoo desune

12

＿＿吧！

名詞＋でしょう。
deshoo

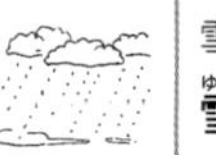

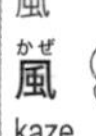

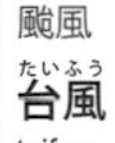

雨	雪	風	颱風
雨(あめ)	雪(ゆき)	風(かぜ)	台風(たいふう)
ame	yuki	kaze	taifuu

晴(は)れでしょう。　是晴天吧！
hare deshoo

曇(くも)りでしょう。　是陰天吧！
kumori deshoo

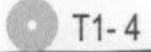
T1-4

＿＿。
名詞（を）＋ます。
masu

音樂／聽	相片／照相	花／開
音楽（おんがく）を／聞（き）き ongaku o　kiki 	写真（しゃしん）を／撮（と）り shashin o　tori 	花（はな）が／咲（さ）き hana ga　saki 

ご飯（はん）を食（た）べます。　吃飯。
go-han o tabemasu

タバコを吸（す）います。　抽煙。
tabako o suimasu

14

從＿＿來。
名詞＋から来（き）ました。
kara　kimasita

中國	英國	法國	印度
中国（ちゅうごく） chuugoku 	イギリス igirisu 	フランス furansu 	インド indo 

台湾（たいわん）から来（き）ました。　從台灣來。
taiwan kara kimashita

アメリカから来（き）ました。　從美國來。
amerika kara kimashita

15

＿＿吧！

名詞（を…）＋ましょう。
o mashoo

唱歌 歌を歌い uta o utai	打網球 テニスをし tenisu o shi	去買東西 買い物に行き kaimono ni iki

ゲームをしましょう。 打電動玩具吧！
geemu o shimashoo

映画を見ましょう。 看電影吧！
eega o mimashoo

16

給我＿＿。

名詞＋をください。
o kudasai

地圖 地図 chizu 	毛衣 セーター seetaa 	咖啡 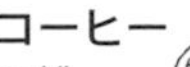 コーヒー koohii 	壽司 寿司 shushi  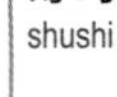

ビーフをください。 請給我牛肉。
biifu o kudasai

これをください。 給我這個。
kore o kudasai

T1- 5

17

給我＿＿。

數量＋ください。
kudasai

兩張 にまい 二枚 nimai 	三本 さんさつ 三冊 sansatsu 	一個 いっこ 一個 ikko 	一人份 いちにんまえ 一人前 ichinin-mae

ひと
一つください。 給我一個。
hitotsu kudasai

ひとやま
一山ください。 給我一堆。
hitoyama kudasai

18

給我＿＿。

名詞＋を＋數量＋ください。
o kudasai

啤酒／一杯 いっぱい ビール／一杯 biiru ippai	毛巾／兩條 にまい タオル／二枚 taoru nimai 	生魚片／兩人份 さしみ にんまえ 刺身／二人前 sashimi ninin-mae 

ひと
ピザを一つください。 給我一個披薩。
piza o hitotsu kudasai

きっぷ にまい
切符を二枚ください。 給我兩張車票。
kippu o nimai kudasai

19

給我。

動詞＋ください。
kudasai

等一下	開	給我看一下	說
待（ま）って matte	開（あ）けて akete	見（み）せて misete	言（い）って itte 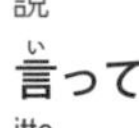 

見（み）せてください。 拿給我看一下。
misete kudasai

教（おし）えてください。 請告訴我。
oshiete kudasai

20

請＿＿。

名詞（を…）＋動詞＋ください。
o kudasai

房間／打掃	向右／轉	用漢字／寫
 部屋（へや）を／掃除（そうじ）して heya o　soojishite	 右（みぎ）に／曲（ま）がって migi ni　magatte	漢字（かんじ）で／書（か）いて kanji de　kaite 

部屋（へや）を変（か）えてください。 請換房間。
heya o kaete kudasai

警察（けいさつ）を呼（よ）んでください。 請叫警察。
keesatsu o yonde kudasai

T1- 6

21

請＿＿。

形容詞＋動詞＋ください。

kudasai

短／縮短 短く／つめて mijikaku　tsumete	便宜／賣 安く／売って yasuku　utte	簡單／說明  やさしく／説明して 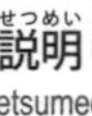 yasashiku　setsumeeshite 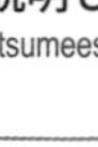

早く起きてください。　　趕快起床。

hayaku okite kudasai

きれいに掃除してください。　　打掃乾淨。

kiree ni sooji shite kudasai

22

請弄＿＿。

形容詞＋してください。

shite kudasai

亮  明るく akaruku	暖 暖かく atatakaku	短 短く mijikaku	乾淨 きれいに kiree ni 

安くしてください。　　請算便宜一點。

yasuku shite kudasai

早くしてください。　　請快一點。

hayaku shite kudasai

23

□多少錢？

名詞＋いくらですか。

ikura desuka

唱片	耳環	太陽眼鏡	比基尼
  レコード rekoodo	イヤリング iyaringu	サングラス sangurasu	ビキニ bikini

これいくらですか。　這個多少錢？
kore ikura desuka

大人（おとな）いくらですか。　大人需要多少錢？
otona ikura desuka

24

□多少錢？

數量＋いくらですか。

ikura desuka

一套	一台	一雙	一盒
一着（いっちゃく） ittchaku 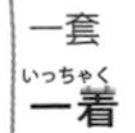 	一台（いちだい） ichidai 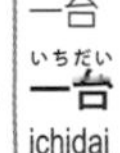 	一足（いっそく） issoku 	ワンパック wanpakku 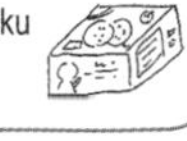

一（ひと）ついくらですか。　一個多少錢？
hitotsu ikura desuka

一時間（いちじかん）いくらですか。　一個小時多少錢？
ichijikan ikura desuka

T1-7

25

＿多少錢？

名詞＋数量＋いくらですか。

ikura desuka

鞋／一雙	相機／一台	蔥／一把
くつ／一足（いっそく）	カメラ／一台（いちだい）	ねぎ／一束（ひとたば）
kutsu issoku	kamera ichidai	negi hitotaba

これ、一（ひと）ついくらですか。　這個一個多少錢？

kore, hitotsu ikura desuka

刺身（さしみ）、一人前（いちにんまえ）いくらですか。　生魚片一人份多少錢？

sashimi, ichinin-mae ikura desuka

26

有＿嗎？

名詞＋はありますか。

wa arimasuka

健身房	保險箱	游泳池	衛星節目
ジム	金庫（きんこ）	プール	衛星放送（えいせいほうそう）
jimu	kinko	puuru	eesee-hoosoo

新聞（しんぶん）はありますか。　有報紙嗎？

shinbun wa arimasuka

席（せき）はありますか。　有位子嗎？

seki wa arimasuka

27

有＿＿嗎？

場所＋はありますか。

wa arimasuka

電影院	公園	飯店	旅館
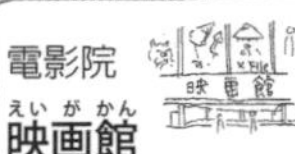			
えいがかん 映画館 eegakan	こうえん 公園 kooen	ホテル hoteru	りょかん 旅館 ryokan

ゆうびんきょく
郵便局はありますか。　　有郵局嗎？
yuubinkyoku wa arimasuka

せんとう
銭湯はありますか。　　有大衆澡堂嗎？
sentoo wa arimasuka

28

有＿＿嗎？

形容詞＋名詞＋はありますか。

wa arimasuka

大／房間	便宜／旅館	黑色／高跟鞋
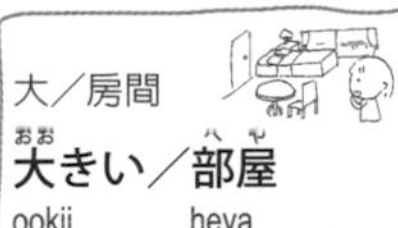		
おお　へや 大きい／部屋 ookii　heya	やす　りょかん 安い／旅館 yasui　ryokan	くろ 黒い／ハイヒール kuroi　haihiiru

やす　せき
安い席はありますか。　　有便宜的位子嗎？
yasui seki wa arimasuka

あか
赤いスカートはありますか。　　有紅色的裙子嗎？
akai sukaato wa arimasuka

T1-8

29

□在哪裡？

場所＋はどこですか。

wa doko desuka

百貨公司	超市	棒球場	美容院
デパート	スーパー	野球場（やきゅうじょう）	美容院（びよういん）
depaato	suupaa	yakyuujoo	biyooin 

トイレはどこですか。　廁所在哪裡？

toire wa doko desuka

コンビニはどこですか。　便利商店在哪裡？

konbini wa doko desuka

30

麻煩□。

名詞＋をお願（ねが）いします。

o onegai shimasu

點菜	兌換外幣	客房服務	住宿登記
注文（ちゅうもん） 	両替（りょうがえ）	ルームサービス	チェックイン
chuumon	ryoogae 	ruumu-saabisu 	chekkuin 

荷物（にもつ）をお願（ねが）いします。　麻煩幫我搬行李。

nimotsu o onegai shimasu

お勘定（かんじょう）をお願（ねが）いします。　麻煩結帳。

okanjoo o onegai shimasu

31

麻煩用＿＿。

名詞＋でお願(ねが)いします。

de onegai shimasu

海運	包裹	分開（算錢）	飯前
船便(ふなびん) funabin  	小包(こづつみ) kozutsumi  	別々(べつべつ) betsubetsu 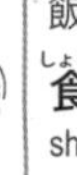	食前(しょくぜん) shokuzen 

航空便(こうくうびん)でお願(ねが)いします。　麻煩我寄空運。
kookuubin de onegai shimasu

カードでお願(ねが)いします。　麻煩我刷卡。
kaado de onegai shimasu

32

麻煩我到＿＿。

場所＋までお願(ねが)いします。

made onegai shimasu

郵局	電影院	百貨公司	這裡
郵便局(ゆうびんきょく) yuubinkyoku 	映画館(えいがかん) eegakan  	デパート depaato  	ここ koko 

駅(えき)までお願(ねが)いします。　麻煩我到車站。
eki made onegai shimasu

ホテルまでお願(ねが)いします。　麻煩我到飯店。
hoteru made onegai shimasu

T1-9

33

請給我＿＿。

名詞＋數量＋お願いします。

onegai shimasu

套裝／一套 スーツ／一着 suutsu icchaku	相機／一台 カメラ／一台 kamera ichidai	襯衫／一件 シャツ／一枚 sushatsu ichimai

大人一枚お願いします。　請給我成人票一張。

otona ichimai onegai shimasu

ビール一本お願いします。　請給我一瓶啤酒。

biiru ippon onegai shimasu

34

＿＿如何？

名詞＋はどうですか。

wa doo desuka

夏威夷 ハワイ hawai	壽司 寿司 sushi	黑輪 おでん oden 	星期天 日曜日 nichiyoobi 

焼肉はどうですか。　烤肉如何？

yakiniku wa doo desuka

旅行はどうですか。　旅行怎麼樣？

ryokoo wa doo desuka

35

**　　的　　如何？**

時間＋の＋名詞＋はどうですか。

no　　wa doo desuka

今天／天氣	昨天／音樂會	上個月／旅行
今日（きょう）／天気（てんき）	昨日（きのう）／音楽会（おんがくかい）	先月（せんげつ）／旅行（りょこう）
kyoo　tenki	kinoo　ongakukai	sengetsu　ryokoo 

今年（ことし）の運勢（うんせい）はどうですか。　今年的運勢如何？
kotoshi no unsee wa doo desuka

昨日（きのう）の試験（しけん）はどうですか。　昨天的考試如何？
kinoo no shiken wa doo desuka

36

我要　　。

名詞＋がいいです。

ga ii desu

這個	西瓜	拉麵	果汁
 これ 	スイカ	ラーメン  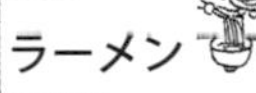	ジュース 
kore	suika	raamen	juusu

コーヒーがいいです。　我要咖啡。
koohii ga ii desu

てんぷらがいいです。　我要天婦羅。
tenpura ga ii desu

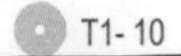

T1- 10

37

我要▭。

形容詞（の、なの）+がいいです。

no nano ga ii desu

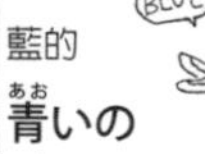

小的	藍的	短的	漂亮的
小(ちい)さいの	青(あお)いの	短(みじか)いの	きれいなの
chiisai no	aoi no	mijikai no	kiree na no

大(おお)きいのがいいです。　我要大的。

ookii noga ii desu

便利(べんり)なのがいいです。　我要方便的。

benri na noga ii desu

38

可以▭嗎？

動詞+もいいですか。

mo ii desuka

吃	坐	摸	聽
食(た)べて	座(すわ)って	触(さわ)って	聞(き)いて
tabete	suwatte	sawatte	kiite

飲(の)んでもいいですか。　可以喝嗎？

nondemo ii desuka

試着(しちゃく)してもいいですか。　可以試穿嗎？

shichaku shitemo ii desuka

39

可以 ＿＿ 嗎？

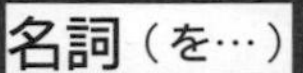

名詞（を…）＋動詞＋もいいですか。
o　　mo ii desuka

相片／照
写真（しゃしん）を／撮（と）って
shashin o　totte

在這裡／寫
ここに／書（か）いて
koko ni　kaite

啤酒／喝
ビールを／飲（の）んで
biiru o　nonde

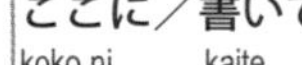

タバコを吸（す）ってもいいですか。　可以抽煙嗎？
tabako o suttemo ii desuka

ここに座（すわ）ってもいいですか。　可以坐這裡嗎？
koko ni suwattemo ii desuka

40

想 ＿＿ 。

動詞＋たいです。
tai desu

玩
遊（あそ）び
asobi

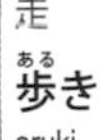

走
歩（ある）き
aruki

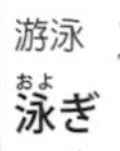

游泳
泳（およ）ぎ
oyogi

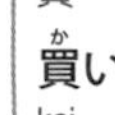

買
買（か）い
kai

食（た）べたいです。　想吃。
tabe tai desu

聞（き）きたいです。　想聽。
kiki tai desu

T1- 11

41

我想到＿＿。

場所＋まで、行きたいです。

made, iki tai desu

新宿	原宿	青山	池袋
しんじゅく 新宿 shinjuku	はらじゅく 原宿 harajuku	あおやま 青山 aoyama	いけぶくろ 池袋 ikebukuro

渋谷駅まで行きたいです。　我想到澀谷車站。

shibuya-eki made ikitai desu

成田空港まで行きたいです。　我想到成田機場。

narita-kuukoo made ikitai desu

42

想＿＿。

名詞＋を（に）＋**動詞**＋たいです。

o ni tai desu

煙火／看	演唱會／去	料理／吃
はなび　み 花火／見 hanabi mi	い コンサート／行き konsaato iki	りょうり　た 料理／食べ ryoori tabe

温泉に入りたいです。　我想泡溫泉。

onsen ni hairi tai desu

部屋を予約したいです。　我想預約房間。

heya o yoyaku shi tai desu

43

我在找＿＿。

名詞＋を探(さが)しています。

o saga shite imasu

褲子
ズボン
zubon

休閒鞋
スニーカー
suniikaa

領帶
ネクタイ
nekutai

唱片
レコード
rekoodo

スカートを探(さが)しています。 我在找裙子。
sukaato o sagashite imasu

傘(かさ)を探(さが)しています。 我在找雨傘。
kasa o sagashite imasu

44

我要＿＿。

名詞＋がほしいです。

ga hosii desu

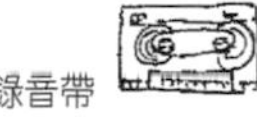

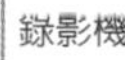

錄音帶
テープ
teepu

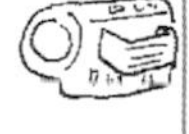

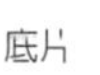

錄影機
ビデオカメラ
bideokamera

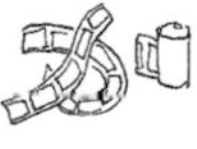

底片
フィルム
tuirumu

收音機
ラジオ
rajio

靴(くつ)がほしいです。 我想要鞋子。
kutsu ga hoshii desu

香水(こうすい)がほしいです。 我想要香水。
koosui ga hoshii desu

T1- 12

45

很會＿＿。

名詞＋が上手(じょうず)です。

ga joozu desu

煮菜 料理(りょうり) ryoori 	籃球 バスケットボール basukettobooru	英語 英語(えいご) eego	日語 日本語(にほんご) nihongo

歌(うた)が上手(じょうず)です。　　很會唱歌。

uta ga joozu desu

テニスが上手(じょうず)です。　　很會打網球。

tenisu ga joozu desu

46

太＿＿。

形容詞＋すぎます。

sugimasu

低 低(ひく) hiku 	小 小(ちい)さ chiisa 	快 速(はや) haya 	重 重(おも) omo 

高(たか)すぎます。　　太貴。

taka sugimasu

大(おお)きすぎます。　　太大。

ooki sugimasu

47

喜歡＿＿。

名詞＋が好きです。

ga suki desu

網球	釣魚	兜風	爬山
  テニス tenisu	 つり tsuri	ドライブ doraibu	 登山 tozan

漫画が好きです。　　喜歡漫畫。
manga ga suki desu

ゲームが好きです。　　喜歡電玩。
geemu ga suki desu

48

對＿＿感興趣。

名詞＋に興味があります。

ni kyoomi ga arimasu

歷史	經濟	電影	藝術
歴史 rekishi	 経済 keezai	映画 eega	芸術 geejutsu

音楽に興味があります。　　對音樂有興趣。
ongaku ni kyoomi ga arimasu

漫画に興味があります。　　對漫畫有興趣。
manga ni kyoomi ga arimasu

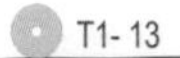
T1- 13

49

在____有____。

場所+で+慶典+があります。
de ga arimasu

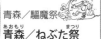

青森／驅魔祭	徳島／阿波舞祭	仙台／七夕祭 
青森(あおもり)／ねぶた祭(まつり)	徳島(とくしま)／阿波踊り(あわおどり)	仙台(せんだい)／七夕 祭(たなばた まつり)
aomori nebuta-matsuri	tokushima awa-odori	sendai tanabata-matsuri

浅草(あさくさ)でお祭(まつり)があります。　　淺草有慶典。
asakusa de o-matsuri ga arimasu

札幌(さっぽろ)で雪 祭(ゆき まつり)があります。　　札幌有雪祭。
sapporo de yuki-matsuri ga arimasu

50

____痛。

身体+が痛(いた)いです。
ga itai desu

肚子	腰 	膝蓋 	牙齒 
おなか	腰(こし)	ひざ	歯(は)
onaka	koshi	hiza	ha

頭(あたま)が痛(いた)いです。　　頭痛。
atama ga itai desu

足(あし)が痛(いた)いです。　　腳痛。
ashi ga itai desu

51

（　）丟了。

物品＋をなくしました。
o nakushimashima

票	信用卡	護照	外套
 チケット chiketto	カード kaado	パスポート pasupooto	コート kooto

財布（さいふ）をなくしました。　錢包丟了。
saifu o nakushimashita

カメラをなくしました。　相機丟了。
kamera o nakushimashita

52

（　）忘了放在（　）。

場所＋に＋**物品**＋を忘（わす）れました。
ni　o wasuremashita

桌上／車票	浴室／手錶
テーブルの上（うえ）／切符（きっぷ） teeburu no ue　kippu 	バスルーム／腕時計（うでどけい） basu-ruumu　ude-dokee 

バスにかばんを忘（わす）れました。　包包忘了放在巴士了。
basu ni kabann o wasuremashita

部屋（へや）に鍵（かぎ）を忘（わす）れました。　鑰匙忘了放在房間了。
heya ni kagi o wasuremashita

T1- 14

53

＿＿被偷了。

物品 ＋を盗(ぬす)まれました。

o nusumaremashita

錢包 財布(さいふ) saifu 	照相機 カメラ kamera	手錶 腕時計(うでどけい) ude-dokee	筆記電腦 ノートパソコン nooto-pasokon

かばんを盗(ぬす)まれました。　　包包被偷了。
kaban o nusumaremashita

現金(げんきん)を盗(ぬす)まれました。　　錢被偷了。
genkin o nusumaremashita

54

我想＿＿。

句子＋ と思(おも)っています。

to omottte imasu

想當老師 先生(せんせい)になりたい sensee ni naritai 	想住在郊外 郊外(こうがい)に住(す)みたい koogai ni sumitai	想到國外旅行 海外旅行(かいがいりょこう)したい kaigai ryokoo shitai

日本(にほん)に行(い)きたいと思(おも)っています。　　我想去日本。
nihon ni ikitai to omottte imasu

あの人(ひと)が犯人(はんにん)だと思(おも)っています。　　我認為那個人是犯人。
ano hito ga hanninda to omotte imasu

PART 2

自己愛說的日語

1 你好

T1- 15

おはようございます。 ohayoo gozaimasu	早安。
こんにちは。 konnichiwa	你好。（白天）
こんばんは。 konbanwa	你好。（晚上）
おやすみなさい。 oyasuminasai	晚安。（睡前）
どうも。 doomo	謝謝。

2 再見

T1- 16

さようなら。 sayoonara	再見。
失礼(しつれい)します。 shitsuree shimasu	先失陪了。
それでは。 soredewa	那麼就再見了。
バイバイ。 baibai	拜拜。
じゃあね。 jaane	掰囉。
お気(き)をつけて。 oki o tsukete	路上小心。

3 回答

T1-17

はい。 是。
hai

はい、そうです。 對，沒錯。
hai, soo desu

わかりました。 知道了。
wakarimashita

かしこまりました。 了解了。
kashikomarimashita

承知（しょうち）しました。 我了解了。
shoochi shimashita

そうですか。 這樣啊！
soodesuka

4 謝謝

T1-18

ありがとうございました。 謝謝您了。
arigatoo gozaimashita

どうも。 謝謝。
doomo

すみません。 不好意思。
sumimasen

ご親切（しんせつ）にどうもありがとう。 您真親切，謝謝。
go-shinsetsu ni doomo arigatoo

お世話（せわ）になりました。 謝謝照顧。
osewa ni narimashita

どうもすみません。 非常感謝您。
doomo sumimasen

5 不客氣啦

T1- 19

いいえ。 iie	不會。
どういたしまして。 doo itashimashite	不客氣。
大丈夫（だいじょうぶ）ですよ。 daijoobu desuyo	不要緊。
こちらこそ。 kochira koso	我才抱歉。
気（き）にしないで。 ki ni shinaide	不要在意。
いいえ、かまいません。 iie, kamaimasen	哪裡，別放在心上。

6 真對不起

T1- 20

すみません。 sumimasen	對不起。
失礼（しつれい）しました。 shitsuree shimashita	失禮了。
ごめんなさい。 gomen nasai	對不起。
申（もう）し訳（わけ）ありません。 mooshiwake arimasen	抱歉。
ご迷惑（めいわく）をおかけしました。 go-meewaku o okakeshimashita	給您添麻煩了。
大変失礼（たいへんしつれい）しました。 taihen shitsuree shimashita	真對不起。

7 借問一下

 T1-21

すみません。 sumimasen	不好意思。
ちょっといいですか。 chotto ii desuka	可以耽誤一下嗎？
ちょっとすみません。 chotto sumimasen	打擾一下。
ちょっとうかがいますが。 chotto ukagaimasuga	請問一下。
旅行（りょこう）のことですが…。 ryokoo no koto desuga	我想問有關旅行的事。
あのう…。 anoo...	請問…。

8 現在幾點了

 T1-22

今（いま）は何時（なんじ）ですか。 ima wa nanji desuka	現在幾點？
これは何（なん）ですか。 kore wa nan desuka	這是什麼？
ここはどこですか。 koko wa doko desuka	這裡是哪裡？
それはどんな本（ほん）ですか。 sore wa donna hon desuka	那是怎麼樣的書？
なんていう川（かわ）ですか。 nante iu kawa desuka	河川名叫什麼？

1　我姓李

T1-23

我姓＿＿。

姓氏＋です。
desu

田中 田中（たなか） tanaka	史密斯 スミス sumisu
李 李（り） ri	阿里 あり ari

敝姓＿＿。

姓氏＋と申（もう）します。
to mooshimasu

山田 山田（やまだ） yamada	塔瓦 タワー tawaa
金 キム kimu	哈力 ハリー harii
鈴木 鈴木（すずき） suzuki	佐藤 佐藤（さとう） satoo
木村 木村（きむら） kimura	

例句

はじめまして、楊（ヨウ）といいます。 hajimemashite. yoo to iimasu	你好，我姓楊。
木村（きむら）です。よろしくお願（ねが）いします。 kimura desu.yoroshiku onegai shimasu	我是木村，請多指教。
こちらこそ、よろしく。 kochirakoso. yoroshiku	我才是，請多指教。
どこからいらっしゃいましたか。 doko kara irasshaimashitaka	您從哪裡來？
お会（あ）いできてうれしいです。 oai-dekite ureshii desu	幸會幸會！

花語—花言葉（はなことば）（一）

小小專欄

櫻花 桜（さくら） sakura		優雅的美人 優（すぐ）れた美人（びじん） sugureta bijin
向日葵 ひまわり himawari		眼中只有你 あなたを見（み）つめる anata o mitsumeru
牽牛花 朝顔（あさがお） asagao		短暫的戀情 はかない恋（こい） hakanai koi
杜鵑花 ツツジ tsutsuji		熱情的愛 愛（あい）の情熱（じょうねつ） ai no joonetsu

2 我從台灣來的

我從＿＿來。

國名＋から来（き）ました。

kara kimashita

台灣 たいわん 台湾 taiwan	中國 ちゅう ごく 中國 chuugoku
日本 に ほん 日本 nihon	韓國 かんこく 韓国 kankoku
德國 ドイツ doitsu	英國 イギリス igirisu
美國 アメリカ amerika	越南 ベトナム betonamu
法國 フランス furansu	泰國 タイ tai
印度 インド indo	荷蘭 オランダ oranda
西班牙 スペイン supein 	

例句

お国(くに)はどちらですか。 o-kuni wa dochira desuka	您是哪國人？
私(わたし)は台湾人(たいわんじん)です。 watashi wa taiwan-jin desu	我是台灣人。
私(わたし)は日本(にほん) 大学(だいがく)出身(しゅっしん)です。 watashi wa nihon-daigaku shusshin desu	我畢業於日本大學。
私(わたし)は、台北(タイペイ)から来(き)ました。 watashi wa taipee kara kimashita	我從台北來的。
あなたは。 anata wa	你呢？
私(わたし)はアメリカから来(き)ました。 watashi wa amerika kara kimashita	我從美國來的。

小小專欄

花語—花言葉(はなことば)（二）

蒲公英 たんぽぽ tanpopo		分離 別離(べつり) betsuri
玫瑰花 バラ bara		熱烈的戀情 熱烈(ねつれつ)な恋(こい) netsuretsu na koi
繡球花 アジサイ ajisai		見異思遷 浮気(うわき) uwaki
鬱金香 チューリップ chuurippu		宣告戀情 恋(こい)の宣言(せんげん) koi ni senen

3 我是粉領族

T1-25

我是　　。

職業＋です。

desu

主婦 しゅふ 主婦 shufu	店員 てんいん 店員 tenin
模特兒 モデル moderu	大學生 だいがくせい 大学生 daigakusee
粉領族 オーエル ＯＬ ooeru	醫生 いしゃ 医者 isha
看護人員 かんごし 看護士 kangoshi	上班族 かいしゃいん 会社員 kaishain
老師 せんせい 先生 sensee	學生 がくせい 学生 gakusee
記者 きしゃ 記者 kisha	作家 さっか 作家 sakka
司機 うんてんしゅ 運転手 untenshu	演員 はいゆう 俳優 haiyuu

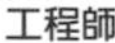

工程師

エンジニア

enjinia

例句

お仕事(しごと)は何(なん)ですか。 o-shigoto wa nan desuka	您從事哪種行業？
日本語教師(にほんごきょうし)です。 nihongo kyooshi desu	我是日語老師。
貿易会社(ぼうえきがいしゃ)で働(はたら)いています。 booeki-gaisha de hataraite imasu	我在貿易公司工作。
大学(だいがく)の教師(きょうし)です。 daigaku no kyooshi desu	大學老師。
ドラマのプロデューサーです。 dorama no puroduusaa desu	連續劇的製作人。
車 会社(くるまがいしゃ)に勤(つと)めています。 kuruma-gaisha ni tsutomete imasu	在汽車公司上班。
花屋(はなや)をやっています。 hanaya o yatte imasu	開花店。

小小專欄

煙火
花火(はなび)
hanabi

圓扇
うちわ
uchiwa

剉冰
カキ氷(ごおり)
kakigoori

暑間問候（的信）
暑中(しょちゅう)お見舞(みま)い
shochuu-o-mimai

浴衣
浴衣(ゆかた)
yukata

慶典
祭(まつ)り
matsuri

1 這是我弟弟啦

T1-26

這是＿＿。

これは＋名詞＋です。

kore wa desu

哥哥 兄（あに） ani	姊姊 姉（あね） ane
妹妹 妹（いもうと） imooto	弟弟 弟（おとうと） otooto
祖父 祖父（そふ） sofu	祖母 祖母（そぼ） sobo
父親 父（ちち） chichi	母親 母（はは） haha
伯伯、叔叔 叔父（おじ） oji	伯母、阿姨 叔母（おば） oba
我 私（わたし） watashi	丈夫 夫（おっと） otto
兒子 息子（むすこ） musuko	妻子 妻（つま） tsuma
女兒 娘（むすめ） musume	

例句

この人(ひと)は誰(だれ)ですか？ kono hito wa dare desuka	這個人是誰？
弟(おとうと)が一人(ひとり)います。 otooto ga hitori imasu	我有一個弟弟。
弟(おとうと)は私(わたし)より二歳下(にさいした)です。 otooto wa watashi yori nisai shita desu	弟弟比我小兩歲。
私(わたし)は一人(ひとり)っ子(こ)です。 watashi wa hitorikko desu	我是獨生子。
兄弟(きょうだい)は二人(ふたり)います。 kyoodai wa futari imasu	我有兩個兄弟(姊妹)。
これは、兄(あに)と姉(あね)です。 kore wa ani to ane desu	這是我哥哥和姊姊。
父(ちち)と母(はは)です。 chichi to haha desu	這是我父母。
これはうちの娘(むすめ)です。 kore wa uchi no musume desu	這是我女兒。

小小專欄

十二生肖—十二支(じゅうにし)(一)

鼠 ね ne	牛 うし ushi
虎 とら tora	兔 う u
龍 たつ tatsu	蛇 み mi

2 哥哥是賣車的

T1-27

例句

兄(あに)はセールスマンです。 ani wa seerusu-man desu	哥哥是行銷員。
お兄(にい)さんの会社(かいしゃ)はどちらですか。 onii-san no kaisha wa dochira desuka	你哥哥在哪家公司上班？
ABC自動車(じどうしゃ)です。 eebiishii jidoo-sha desu	ABC汽車。
妹(いもうと)さんのお仕事(しごと)は。 imooto-san no oshigoto wa	你妹妹從事什麼工作？
会社(かいしゃ)で秘書(ひしょ)をしています。 kaisha de hisho o shite imasu	當公司秘書。
フリーターです。 furiitaa desu	打零工的。

小小專欄

十二生肖－十二支(じゅうにし)（二）

馬 うま uma	羊 ひつじ hitsuji
猴 さる saru	雞 とり tori
狗 いぬ inu	豬 い i

汽車 車（くるま） kuruma 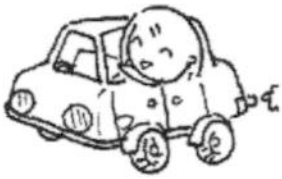	鞋子 靴（くつ） kutsu 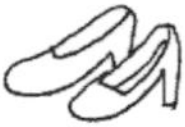
食品 食品（しょくひん） shokuhin 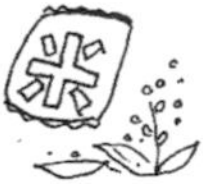	葡萄酒 ワイン wain 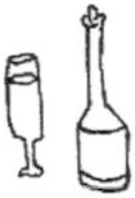
製造機器 機械製造（きかいせいぞう） kikai-seezoo 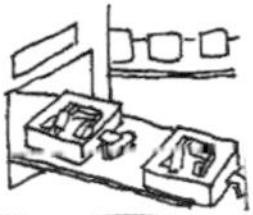	藥品 薬（くすり） kusuri 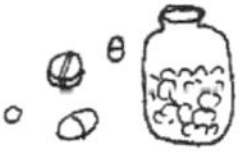
旅行 旅行（りょこう） ryokoo 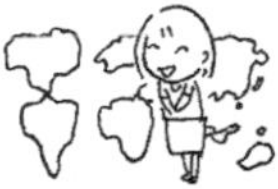	通路（商品） 流通（りゅうつう） ryuutsuu 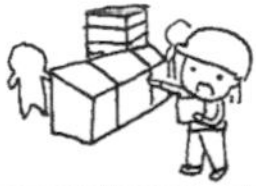
電腦 コンピューター konpyuutaa 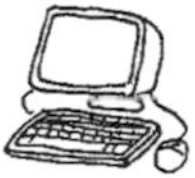	電器機器 電気機器（でんききき） denki-kiki 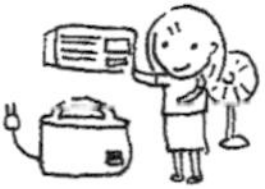

3 我姊姊人有點性急  T1-28

我姊姊 ____ 。

あね
姉は＋形容詞＋です。
ane wa desu

活潑 あか 明るい akarui	有一點性急 すこ たん き 少し短気 sukoshi tanki
溫柔 やさしい yasashii	頑固 がん こ 頑固 ganko
可愛 かわいい kawaii	好強 き つよ 気が強い ki ga tsuyoi
一絲不苟 き ちょう めん 几帳面 kichoomen	爽朗 よう き 陽気 yooki
朝氣蓬勃 げん き 元気 genki	風趣 おもしろい omoshiroi
樂天、慢條斯理 のんき nonki	

例句

姉（あね）はけちではありません。 ane wa kechi dewa arimasen	姊姊不小氣。
姉（あね）は友（とも）だちが多（おお）いです。 ane wa tomodachi ga ooi desu	姊姊朋友很多。
姉（あね）は彼氏（かれし）がいません。 ane wa kareshi ga imasen	姊姊沒有男朋友。
姉（あね）は映画（えいが）が好（す）きです。 ane wa eega ga suki desu	我姊姊喜歡看電影。
姉（あね）はお酒（さけ）を飲（の）みます。 ane wa o-sake o nomimasu	我姊姊會喝酒。
姉（あね）は東京（とうきょう）に住（す）んでいます。 ane wa tookyoo ni sunde imasu	我姊姊住在東京。
姉（あね）は一人暮（ひとりぐ）らしです。 ane wa hitori-gurashi desu	我姊姊一個人住。

小小專欄

日本錢
日本（にほん）のお金（かね）だ！

		一日圓 一円（いちえん） ichi-en 
五日圓 五円（ごえん） go-en 	十日圓 十円（じゅうえん） juu-en 	五十日圓 五十円（ごじゅうえん） gojuu-en 
一百日圓 百円（ひゃくえん） hyaku-en 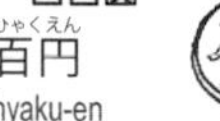	五百日圓 五百円（ごひゃくえん） gohyaku-en 	一千日圓 千円（せんえん） sen-en 
兩千日圓 二千円（にせんえん） nisen-en 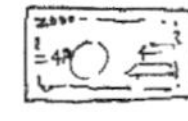	五千日圓 五千円（ごせんえん） gosen-en 	一萬日圓 一万円（いちまんえん） ichiman-en 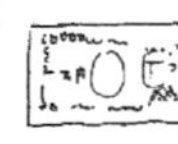

1 今天真熱

熱 あつ 暑い atsui		溫暖 あたた 暖かい atatakai
涼爽 すず 涼しい suzusii		冷 さむ 寒い samui
潮濕的 しめ 湿っぽい shimeppoi	多雨 あめ 雨がち ame-gachi	多雲 くもりがち kumori-gachi

例句

きょう　てんき
今日はいい天気ですね。
kyoo wa ii tenki desune
今天是好天氣。

あめ　ふ
雨が降っています。
ame ga futte imasu
正在下雨。

あさ　は
朝は晴れていました。
asa wa harete imashita
早上是晴天。

くも　おお
雲が多いです。
kumo ga ooi desu
雲層很厚。

かぜ　つよ
風が強いです。
kaze ga tsuyoi desu
風很強。

ごご　あめ　ふ
午後は雨が降るそうです。
gogo wa ame ga furu soo desu
據說下午好像會下雨。

あした　たいふう　き
明日は台風が来ます。
ashita wa taifu ga kimasu
明天有颱風。

2 東京天氣如何 T1-30

東京的 ___ 如何？

東京（とうきょう）の＋四季＋はどうですか。

tookyoo no wa doo desuka

春天 春（はる） haru	夏天 夏（なつ） natsu
秋天 秋（あき） aki	冬天 冬（ふゆ） fuyu

例句

東京（とうきょう）の夏（なつ）は暑（あつ）いです。
tookyoo no natsu wa atsui desu
東京夏天很熱。

でも、冬（ふゆ）は寒（さむ）いです。
demo, fuyu wa samui desu
但是冬天很冷。

あなたの国（くに）はどうですか。
anata no kuni wa doo desuka
你的國家怎麼樣？

私（わたし）の国（くに）は、いつも暑（あつ）いです。
watashi no kuni wa itsumo atsui desu
我的國家一直都很熱。

雨（あめ）がたくさん降（ふ）ります。
ame ga takusan furimasu
下很多雨。

北海道（ほっかいどう）の夏（なつ）はどうですか。
hokkaidoo no natsu wa doo desuka
北海道的夏天呢？

涼（すず）しいです。
suzushii desu
很涼快。

3 明天會下雨吧

明天會  吧！

あした
明日は＋名詞＋でしょう。
ashita wa deshoo

晴天 は 晴れ hare	陰天 くも 曇り kumori
下雪 ゆき 雪 yuki	下雨 あめ 雨 ame

晴時多雲 は　ときどき　くも 晴れ時々曇り hare tokidoki kumori	多雲短陣雨 くも　ときどき　あめ 曇り時々にわか雨 kumori tokidoki niwaka ame	晴後多雲 は　くも 晴れのち曇り hare nochi kumori

例句

あした　あめ 明日は雨でしょう。 ashita wa ame deshoo	明天會下雨吧！
あした　いちにちじゅう あたた 明日は一日 中 暖かいでしょう。 ashita wa ichinichijuu atatakai deshoo	明天一整天都很溫暖吧！
こんばん　てんき 今晩の天気はどうでしょう。 konban no tenki wa doo deshoo	今晚天氣不知道如何？
こんばん　てんき 今晩は、いい天気でしょう。 konban wa ii tenki deshoo	今晚天氣不錯吧！
あした　は 明日も晴れですか。 ashita mo hare desuka	明天也是晴天嗎？
らいしゅう　てんき　つづ 来 週はいい天気が続くでしょう。 raishuu wa ii tenki ga tsuzuku deshoo	下星期都會是好天氣吧！
しゅう まつ　あつ 週 末は暑くなるでしょう。 shuumatsu wa atsuku naru deshoo	週末天氣會轉熱吧！

4 東京8月天氣如何 T1- 32

□的□如何？

地名＋の＋月＋はどうですか。
no wa doo desuka

東京　8月 とうきょう　はちがつ 東京　8月 tookyoo　hachigatsu	北京　9月 ペキン　くがつ 北京　9月 pekin　kugatsu 
紐約　9月 くがつ ニューヨーク　9月 nyuuyooku　kugatsu	台北　12月 タイペイ　じゅうにがつ 台北　12月 taipee　juunigatsu 

□如何？

地名＋はどうですか。
wa doo desuka

香港 ホンコン 香港 honkon 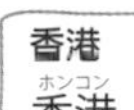	夏威夷 ハワイ hawai 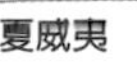
長野 ながの 長野 nagano 	秋田 あきた 秋田 akita 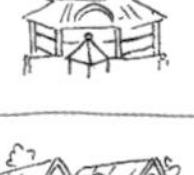
函館 はこだて 函館 hakodate 	日光 にっこう 日光 nikkoo 
京都 きょうと 京都 kyooto 	奈良 なら 奈良 nara 
大阪 おおさか 大阪 oosaka 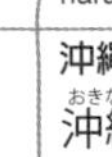	沖繩 おきなわ 沖縄 okinawa 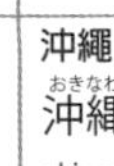

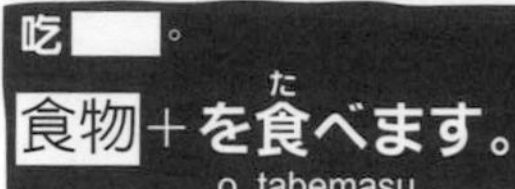

T1-33

吃＿＿。

食物＋を食(た)べます。

o tabemasu

麵包
パン
pan
粥
お粥(かゆ)
o-kayu
飯
ご飯(はん)
go-han
蛋糕
ケーキ
keeki
豆沙包
お饅頭(まんじゅう)
o-manjuu
沙拉
サラダ
sarada
三明治
サンドイッチ
sandoicchi

例句

朝(あさ)ご飯(はん)は家(いえ)で食(た)べます。 asagohan wa ie de tabemasu	早餐在家吃。
パンとサラダを食(た)べました。 pan to sarada o tabemashita	吃了麵包和沙拉。
時々(ときどき)おかゆを食(た)べます。 tokidoki o-kayu o tabemasu	偶爾吃粥。
コーヒーだけ飲(の)みます。 koohii dake nomimasu	只喝咖啡。
朝(あさ)ご飯(はん)は食(た)べません。 asagohan wa tabemasen	不吃早餐。

2 我喝果汁　T1-34

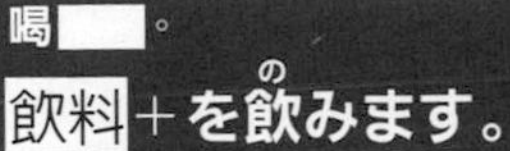

喝＿＿。

飲料＋を飲(の)みます。

o nomimasu

牛奶 牛乳（ぎゅうにゅう） gyuunyuu	果汁 ジュース juusu
可樂 コーラ koora	啤酒 ビール biiru
礦泉水 ミネラルウォーター mineraru-uootaa	紅茶 紅茶（こうちゃ） koocha
咖啡 コーヒー koohii	可可亞 ココア kokoa

例句

你喜歡喝紅茶嗎？
紅茶（こうちゃ）は好（す）きですか。
koocha wa suki desuka

加牛奶嗎？
ミルクを入（い）れますか。
miruku o iremasuka

喝咖啡不加牛奶跟糖。
コーヒーをブラックで飲（の）みます。
koohii o burakku de nomimasu

喝豆漿。
豆乳（とうにゅう）を飲（の）みます。
toonyuu o nomimasu

喜歡喝酒。
お酒（さけ）が好（す）きです。
o-sake ga suki desu

常喝葡萄酒。
よくワインを飲（の）みます。
yoku wain o nomimasu

和朋友一起喝啤酒。
友達（ともだち）と一緒（いっしょ）にビールを飲（の）みます。
tomodachi to issho ni biiru o nomimasu

3　我打網球

做 ＿＿ 嗎

運動＋をしますか。
o shimasuka

網球 テニス tenisu 	游泳 水泳（すいえい） suiee 
滑雪 スキー sukii 	籃球 バスケットボール basuketto-booru 
高爾夫 ゴルフ gorufu 	棒球 野球（やきゅう） yakyuu 
沖浪 サーフィン saafin 	乒乓球 ピンポン pinpon 
足球 サッカー sakkaa 	羽毛球 バドミントン badominton 
釣魚 つり tsuri 	爬山 登山（とざん） tozan 
保齡球 ボーリング booringu 	滑板 スケートボード sukeeto-boodo 
慢跑 ジョギング jogingu 	

例句

週二回スポーツをします。 shuu nikai supootsu o shimasu	一星期做兩次運動。
時々ボーリングをします。 tokidoki booringu o shimasu	有時打保齡球。
よく公園を散歩します。 yoku kooen o sanpo shimashu	常去公園散步。
プールへ泳ぎに行きます。 puuru e oyogi ni ikimasu	去游泳池游泳。
毎日ジョギングをします。 mainichi jogingu o shimasu	每天慢跑。
よくテニスをします。 yoku tenisu o shimasu	我常打網球。
ゴルフはあまりしません。 gorufu wa amari shimasen	我不常打高爾夫球。
みんなで野球をしましょうか。 minna de yakyuu o shimashooka	我們一起打棒球吧！
山登りに行きたいです。 yama-nobori ni ikitai desu	我想去爬山。
今度一緒に山登りに行きましょう。 kondo issho ni yama-nobori ni ikimashoo	下回我們一起去爬山吧！
いいですね。行きましょう。 ii desune.ikimashoo	好啊！一起去啊！

4 假日我看電影

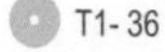

你假日做什麼？

Q：休(やす)みの日(ひ)は何(なに)をしますか。

yasumi no hi wa nani o shimasuka

看 ＿＿ 。

A：名詞＋を見(み)ます。

o mimasu

電視 テレビ terebi 	職業棒球 プロ野(や)球(きゅう) poro-yakyuu 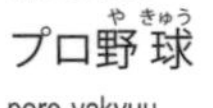 
書 本(ほん) hon 	狗 犬(いぬ) inu 
電影 映画(えいが) eega 	繪畫 絵(え) e 
錄影帶 ビデオ bideo 	日本電影 日本映画(にほんえいが) nihon-eega 
法國電影 フランス映画(えいが) furansu-eega 	

例句

彼氏とデートします。 kareshi to deeto shimasu	和男朋友約會。
友達とワイワイやります。 tomodachi to waiwai yarimasu	和朋友說說笑笑。
カラオケで歌を歌います。 karaoke de uta o utaimasu	在卡拉OK唱歌。
みんなで飲みに行きます。 minna de nomi ni ikimasu	跟大家去喝酒。
部屋で本を読みます。 heya de hon o yomimasu	在房間看書。
一人で音楽を聞きます。 hitori de ongaku o kikimasu	獨自一個人聽音樂。
母と映画に行きます。 haha to eega ni ikimasu	跟媽媽去看電影。
友だちと買い物をします。 tomodachi to kaimono o shimasu	跟朋友去買東西。
みんなで野球をします。 minna de yakyuu o shimasu	跟大家一起打棒球。
子どもたちと遊びます。 kodomo-tachi to asobimasu	跟小孩們玩。
公園で散歩をします。 kooen de sanpo o shimasu	在公園散步。

1　我喜歡運動  T1-37

喜歡＿＿。

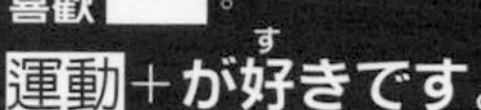

ga suki desu

高崖跳傘 パラグライダー paraguraidaa	滑雪板 スノーボート sunoobooto
風帆沖浪 ウィンドサーフィン uindo-saafin	足球 サッカー sakkaa
跳舞 ダンス dansu	有氧舞蹈 エアロビクス earo-bikusu
棒球 野球(やきゅう) yakyuu	柔道 柔道(じゅうどう) judoo
游泳 水泳(すいえい) suiee	騎馬 乗馬(じょうば) jooba
浮潛 スキューバダイビング sukyuuba-daibingu	騎腳踏車 サイクリング saikuringu
釣魚 釣(つ)り tsuri	相撲 相撲(すもう) sumoo
獨木舟 カヌー kanuu	泛舟 ラフティング rafutingu

例句

どんなスポーツが好(す)きですか。 donna supootsu ga suki desuka	你喜歡什麼樣的運動？
よく水泳(すいえい)をします。 yoku suiee o shimasu	我經常游泳。
スポーツ観戦(かんせん)が好(す)きです。 supootsu-kansen ga suki desu	喜歡看運動節目。
相撲(すもう)は見(み)ますか。 sumoo wa mimasuka	你看相撲嗎？
週二回(しゅうにかい)ジョギングをします。 shuu nikai jogingu o shimasu	一星期慢跑兩次。
時々山登(ときどきやまのぼ)りに行(い)きます。 tokidoki yama-nobori ni ikimasu	偶爾去爬山。
いつもプールで泳(およ)ぎます。 itsumo puuru de oyogimasu	我都去游泳池游泳。
友(とも)だちとスカッシュをします。 tomodachi to sukkashu o shimasu	跟朋友打壁球。

小小專欄

日本的節慶活動—日本(にほん)の行事(ぎょうじ)（一）

過年
お正月(しょうがつ)
o-shoogatsu

成人禮
成人式(せいじんしき)
seejin-shiki

季節轉換期（立春、立夏、立秋、立冬）
節分(せつぶん)
setsubun

女兒節
雛祭(ひなまつ)り
hina-matsuri

2 我的嗜好是聽音樂 T1-38

您的興趣是什麼？

Q：ご趣味(しゅみ)は何(なん)ですか。

go-shumi wa nan desuka

我的興趣是 ＿＿ 。

A：名詞（を…）＋動詞＋ことです。

o kotodesu

做菜 料理(りょうり)を作(つく)る ryoori o tsukuru	騎腳踏車 サイクリングをする saikuringu o suru
聽音樂 音楽(おんがく)を聞(き)く ongaku o kiku	畫畫 絵(え)を描(か)く e o kaku
看書 本(ほん)を読(よ)む hon o yomu	旅行 旅行(りょこう)をする ryokoo o suru
看電影 映画(えいが)を見(み)る eega o miru	釣魚 釣(つ)りをする tsuri o suru
拍照 写真(しゃしん)を撮(と)る shashin o toru	插花 生(い)け花(ばな)をする ikebana o suru
爬山 山(やま)に登(のぼ)る yama ni noboru	到海邊游泳 海(うみ)で泳(およ)ぐ umi de oyogu
到卡拉OK唱歌 カラオケで歌(うた)う karaoke de utau	聊天 おしゃべりをする oshaberi o suru
下棋 将棋(しょうぎ)をする shoogi o suru	寫小說 小説(しょうせつ)を書(か)く shoosetsu o kaku

很會＿＿。
嗜好＋が上手（じょうず）ですね。
ga joozu desune

唱歌	歌（うた）	uta	園藝	ガーデニング	gaadiningu
潛水	ダイビング	daibingu	吉他	ギター	gitaa
鋼琴	ピアノ	piano	書法	習字（しゅうじ）	shuuji
手工藝	手芸（しゅげい）	shugee	料理	料理（りょうり）	ryoori
足球	サッカー	sakkaa	電腦	パソコン	pasokon
游泳	水泳（すいえい）	suiee	跳舞	ダンス	dansu

1 我是2月4日生的

我的生日是　　　。
わたし　たんじょう び
私の誕生日は+月日+です。
watashi no tanjoobi wa　desu

1月20號
いちがつ　はつか
1月 20日
ichigatsu hatsuka

2月4號
にがつ よっ か
2月 4日
nigatsu yokka

3月7號
さんがつ なの か
3月 7日
sangatsu nanoka

4月24號
しがつ　にじゅうよっか
4月 24 日
shigatsu nijuuyokka

5月2號
ごがつ ふつ か
5月 2日
gogatsu futsuka

6月9號
ろくがつ　ここのか
6月 9日
rokugatsu kokonoka

7月10號
しちがつ とお か
7月 10日
shichigatsu tooka

8月8號
はちがつ　ようか
8月 8日
hachigatsu yooka

9月1號
くがつ ついたち
9月 1日
kugatsu tsuitachi

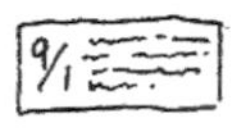

10月19號
じゅうがつ　じゅうくにち
10月 19日
juugatsu juukunichi

11月14號
じゅういちがつ　じゅうよっか
11月 14日
juuichigatsu juuyokka

12月10號
じゅうにがつ　と お か
12月 10日
juunigatsu tooka

例句

お誕生日（たんじょうび）はいつですか。 o-tanjoobi wa itsu desuka	您的生日是什麼時候？
誕生日（たんじょうび）は来月（らいげつ）です。 tanjoobi wa raigetsu desu	我生日是下個月。
あなたのお誕生日（たんじょうび）は。 anata no o-tanjoobi wa	你的生日呢？
7月7日（しちがつなのか）です。 shichigatsu nanoka desu	7月7日。
12月（じゅうにがつ）生（う）まれです。 juunigatsu umare desu	我12月出生。
なに年（とし）ですか。 nani toshi desuka	屬什麼的？
ねずみ年（とし）です。 nezumi toshi desu	我屬鼠。
何年（なんねん）生（う）まれですか。 nannen umare desuka	幾年生的？

好用單字

完美主義 完璧主義（かんぺきしゅぎ） kanpeki-shugi		勤勞 勤勉（きんべん） kinben
誠實 誠実（せいじつ） seejitsu	端莊 しとやか shitoyaka	樂天派 楽天家（らくてんか） rakutenka
固執 いじっぱり ijippori	爽快 快活（かいかつ） kaikatsu	愛哭 泣（な）き虫（むし） nakimushi

2 我是射手座

我是＿＿星座。

わたし
私は＋星座＋です。
watashi wa　desu

水瓶座	みずがめ ざ 水瓶座	mizugame-za	
獅子座	し し ざ 獅子座	shishi-za	
牡羊座	おひつじ ざ 牡羊座	ohitsuji-za	
金牛座	お うし ざ 牡牛座	oushi-za	
處女座	お と め ざ 乙女座	otome-za	
天秤座	てんびん ざ 天秤座	tenbin-za	
射手座	い て ざ 射手座	ite-za	

＿＿是什麼樣的個性？

せいかく
星座＋はどんな性格ですか。
wa donna seekaku desuka

雙子座	ふた ご ざ 双子座	futago-za	
巨蟹座	かに ざ 蟹座	kani-za	
雙魚座	うお ざ 魚座	uo-za	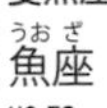 
天蠍座	さそり ざ 蠍 座	sasori-za	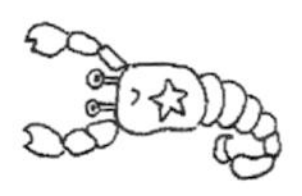
魔羯座	や ぎ ざ 山羊座	yagi-za	
處女座	お と め ざ 乙女座	otome-za	

3 射手座很活潑 T1-41

獅子座(の人)は明るいです。 shishi-za (no hito) wa akarui desu	獅子座很活潑。
天秤座は女優が多いです。 tenbin-za wa jouu ga ooi desu	天秤座出很多女演員。
魚座は芸術的才能があります。 uo-za wa geejutsu-teki sainoo ga arimasu	雙魚座很有藝術天份。
山羊座はお金に困らないです。 yagi-za wa okane ni komaranai desu	魔羯座不缺錢。
星座から見ると二人は合いますよ。 seeza kara miru to futari wa aimasuyo	從星座來看兩個人很適合。
山羊座と乙女座は相性がいいです。 yagi-za to otome-za wa aishoo ga ii desu	魔羯座跟處女座很合。
水瓶座はクールです。 mizugame-za wa kuuru desu	水瓶座很冷靜。
天秤座はバランスに優れています。 tenbin-za wa baransu ni sugurete imasu	天秤座很有平衡感。
蟹座は感情が豊かです。 kani-za wa kanjoo ga yutaka desu	巨蟹座感情很豐富。
射手座は明るい性格です。 ite-za wa akarui seekaku desu	射手座個性很活潑。
蠍座は意志が強いです。 sasori-za wa ishi ga tsuyoi desu	天蠍座意志力很強。
乙女座は優しいです。 otome-za wa yasashii desu	處女座很溫柔。
牡羊座はどんな性格ですか。 ohitsuji-za wa donna seekaku desuka	牧羊座是什麼個性呢？

1　我想當模特兒  T1-42

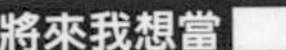

將來我想當＿＿。

しょうらい
将来＋名詞＋になりたいです。
shoorai　ni naritai desu

歌手
かしゅ
歌手
kashu

醫生
いしゃ
医者
isha

老師
せんせい
先生
sensee

看護人員
かんごし
看護士
kangoshi

導遊
ツアーガイド
tsuaa-gaido

模特兒
モデル
moderu

運動選手
せんしゅ
スポーツ選手
supootsu-senshu

女演員
じょゆう
女優
joyuu

社長
しゃちょう
社長
shachoo

作家
さっか
作家
sakka

上班族
かいしゃいん

会社員
kaishain

工程師
エンジニア
enjinia

研究員
けんきゅういん
研究員
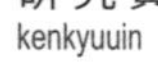
kenkyuuin

翻譯員
つうやく
通訳
tsuuyaku

例句

将来(しょうらい)、何(なに)になりたいですか。 shoorai,nani ni naritai desuka	以後想做什麼？
どうしてですか。 dooshite desuka	為什麼？
歌(うた)が好(す)きだからです。 uta ga suki da kara desu	因為喜歡唱歌。
どんな仕事(しごと)をしたいですか。 donna shigoto o shitai desuka	你想從事什麼工作？
貿易(ぼうえき)の仕事(しごと)がやりたいです。 booeki no shigoto ga yaritai desu	我想從事貿易工作。
やりがいがあるからです。 yarigai ga aru kara desu	因為很有挑戰性。
面白(おもしろ)そうだからです。 omoshiro soo da kara desu	因為很有趣的樣子。
自分(じぶん)の会社(かいしゃ)を持(も)ちたいです。 jibun no kaisha o mochitai desu	我想開公司。

小小專欄

日本的節慶活動—日本(にほん)の行事(ぎょうじ)（二）

端午節
端午(たんご)の節句(せっく)
tango no sekku

七夕
七夕(たなばた)
tanabata

盂蘭盆會
お盆(ぼん)
o-bon

聖誕節
クリスマス
kurisumasu

2 我希望有朋友 

你現在最想要什麼？

Q：今（いま）、何（なに）がほしいですか。

ima, nani ga hoshii desuka

想要＿＿。

A：名詞＋がほしいです。

ga hoshii desu

朋友 友（とも）だち tomodachi	時間 時間（じかん） jikan
錢 お金（かね） okane	情人 恋人（こいびと） koibito
車 車（くるま） kuruma	筆記型電腦 ノートパソコン nooto-pasokon
腳踏車 自転車（じてんしゃ） jitensha	機車 バイク baiku
房子 家（いえ） ie	鑽石 ダイヤモンド daiyamondo
戒指 指輪（ゆびわ） yubiwa	手提包 ハンドバッグ handobaggu
旅費 旅行資金（りょこうしきん） ryokoo-shikin 	

例句

なぜ、お金（かね）がほしいですか。 naze,o-kane ga hoshii desuka	為什麼想要錢？
もっと勉強（べんきょう）したいからです。 motto benkyoo shitai kara desu	因為想再多唸書。
旅行（りょこう）したいからです。 ryokoo shitai kara desu	因為想旅行。
留学（りゅうがく）したいからです。 ryuugaku shitai kara desu	因為我想留學。
どうして、車（くるま）がほしいですか。 dooshite, kuruma ga hoshii desuka	為什麼想要車子。
彼女（かのじょ）とデートしたいからです。 kanojo to deeto shitai kara desu	因為我想跟女友約會。
便利（べんり）だからです。 benri dakara desu	因為方便。
どんな家（いえ）がほしいですか。 donna ie ga hosii desuka	你想要什麼樣的房子。
ボルボの車（くるま）がほしいです。 borubo no kuruma ga hoshii desu	我想要VOLVO車。
今（いま）、友達（ともだち）が一番（いちばん）ほしいです。 ima,tomodachi ga ichiban hoshii desu	現在，我最想要朋友。
一緒（いっしょ）にいると楽（たの）しいからです。 issho ni iru to tanoshii kara desu	因為在一起感到很快樂。

3　將來我想住鄉下的透天厝　T1-44

將來想住什麼樣的房子？

Q：将来、どんな家に住みたいですか。（しょうらい、いえ、す）
shoorai,donna ie ni sumitai desuka

想住＿＿。

A：名詞＋に住みたいです。（す）
ni sumitai desu

很大的房子 大きな家（おお、いえ） ooki na ie 	高級公寓 マンション manshon 
別墅 別荘（べっそう） bessoo 	透天厝 一戸建て（いっこだ） ikkodate 
有院子的房子 庭付きの家（にわつ、いえ） niwa-tsuki no ie 	可愛的家 かわいい家（いえ） kawaii ie 
郊外的房子 郊外の家（こうがい、いえ） koogai no ie 	鄉下的透天厝 田舎の一軒家（いなか、いっけんや） inaka no ikkenya 
原木小木屋 ログハウス rogu-hausu 	

想住什麼樣的城鎮？

Q：どんな町（まち）に住（す）みたいですか。

donna machi ni sumitai desuka

想住＿＿的城鎮。

A：形容詞＋町（まち）に住（す）みたいです。

machi ni sumitai desu

朝氣蓬勃 明（あか）るい akarui 	很多綠地的地方 緑（みどり）の多（おお）い midori no ooi 
安靜的 静（しず）かな shizuka na 	古意盎然的 古（ふる）い furui 
恬靜的 穏（おだ）やかな odayaka na 	熱鬧 にぎやかな nigiyaka na 
乾淨的 清潔（せいけつ）な seeketsu na 	空氣好的 空気（くうき）のいい kuuki no ii 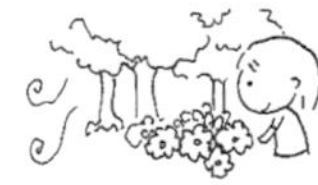
摩登的 モダンな modan na 	方便的 便利（べんり）な benri na 
孩子很多的 子どもの多（おお）い kodomo no ooi 	

1 我的座位在哪裡  T1-45

 在哪裡？

名詞＋はどこですか。
wa doko desuka

我的座位 わたし　せき 私の席 watashi no seki 	商務客艙 ビジネスクラス bijinesu-kurasu 
洗手間 トイレ toire  	雜誌 ざっし 雑誌 zasshi 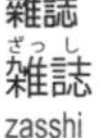 

緊急出口 ひじょうぐち 非常口 hijoo-guchi 	機場 くうこう 空港 kuukoo 	耳機 イヤホーン iyahoon

例句

行李放不進去。
にもつ　はい
荷物が入りません。
nimotsu ga hairimasen

幾點到達？
とうちゃく　なんじ
到着は何時ですか。
toochaku wa nanji desuka

請借我過。
とお
通してください。
tooshite kudasai

有中文報嗎？
ちゅうごくご　しんぶん
中国語の新聞はありますか。
chuugokugo no shinbun wa arimasuka

我想換座位。
せき　か
席を替えてほしいです。
seki o kaete hoshii desu

可以給我果汁嗎？
ジュースをもらえますか。
juusu o moraemasuka

可以將椅背倒下嗎？
せき　たお
席を倒してもいいですか。
seki o taoshitemo ii desuka

麻煩幫我掛外套。
ねが
コートをお願いします。
kooto o onegai shimasu.

2 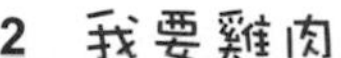

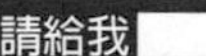

請給我＿＿。

名詞＋をください。
o kudasai

牛肉 ビーフ biifu 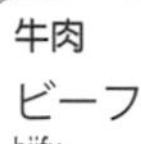 	雞肉 チキン chikin 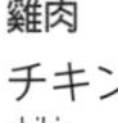 
毛毯 もうふ 毛布 moofu 	魚 さかな 魚 sakana 

枕頭 まくら 枕 makura 	葡萄酒 ワイン wain 	暈車藥 よ　ど　ぐすり 酔い止め薬 yoidome-gusuri 
啤酒 ビール biiru 	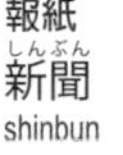 報紙 しんぶん 新聞 shinbun 	水 みず お水 omizu 

有＿＿嗎？

名詞＋はありますか。
wa arimasuka

入境卡 にゅうこく 入国カード nyuukoku-kaado 	感冒藥 か　ぜ　ぐすり 風邪薬 kaze-gusuri 

英文雜誌 えい ご　ざっ し 英語の雑誌 eego no zasshi 	日本報紙 に ほん　しんぶん 日本の新聞 nihon no shinbun 	溫的飲料 あたた　の　もの 温かい飲み物 atatakai nomimono 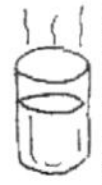

3　再給我一杯水　T1-47

例句

請再給我一杯。
いっぱい
もう一杯ください。
moo ippai kudasai

我身體不舒服。
きぶん　わる
気分が悪いです。
kibun ga warui desu

再20分鐘。
にじゅっぷん
あと20 分です。
ato nijuppun desu

請給我飲料。
の　もの
飲み物をください。
nomimono o kudasai

感到寒冷。
さむ
寒いです。
samui desu

是免費的嗎？
むりょう
無料ですか。
muryoo desuka

什麼時候到達？
つ
いつ着きますか。
itsu tsukimasuka

現在我們在哪裡？
いま
今、どのへんですか。
ima, dono hen desuka

我肚子疼。
いた
おなかが痛いです。
o-naka ga itai desu

想看錄影帶。
み
ビデオが見たいです。
bideo ga mitai desu

好用單字

雜誌 ざっし 雑誌 zasshi 	耳機 イヤホーン iyahoon 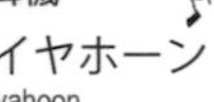	香煙 タバコ tabako 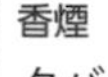  
葡萄酒 ワイン wain  	機艙內販賣 きないはんばい 機内販売 kinai-hanbai 	免稅商品 めんぜいひん 免税品 menzee-hin 
型錄 カタログ katarogu 	圍巾 スカーフ sukaafu 	香水 こうすい 香水 koosui 

4  T1-48

旅行目的為何？	是＿＿＿＿。
Q：旅行(りょこう)の目的(もくてき)は何(なん)ですか。	A：名詞＋です。
ryokoo no mokuteki wa nan desuka	desu

觀光
観光(かんこう)
kankoo

留學
留学(りゅうがく)
ryuugaku

出差
出張(しゅっちょう)
shucchoo

工作
仕事(しごと)
shigoto

商務
ビジネス
bijinesu

探親
親族訪問(しんぞくほうもん)
shinzoku-hoomon

會議
会議(かいぎ)
kaigi

探訪朋友
知人訪問(ちじんほうもん)
chijin-hoomon

你的職業是？
職業(しょくぎょう)は何(なん)ですか。
shokugyoo wa nan desuka

學生。
学生(がくせい)です。
gakusee desu

上班族。
サラリーマンです。
sarariiman desu

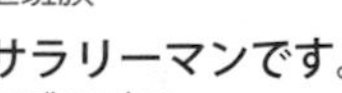

我是主婦。
主婦(しゅふ)です。
shufu desu

我是醫生。
医者(いしゃ)です。
isha desu

粉領族。
OL(オーエル)です。
ooeru desu

我是公司職員。
会社員(かいしゃいん)です。
kaisha-in desu

我是公司負責人。
経営者(けいえいしゃ)です。
keeee-sha desu

5 我要待五天

T1-49

要住在哪裡？

たいざい
Q：どこに滞在しますか。
doko ni taizai shimasuka

A：名詞＋です。
desu

○○飯店
○○ホテル
hoteru

朋友家
ゆうじん　いえ
友人の家
yuujin no ie

○○旅館
りょかん
○○旅館
ryokan

留學生宿舍
りゅうがくせい　しゅくしゃ
留学生 宿舍
ryuugakusee-shukusha

兒子的家
むすこ　いえ
息子の家
musuko no ie

○○民宿
みんしゅく
○○民宿
minshuku

同事的家
どうりょう　いえ
同僚の家
dooryoo no ie

要待幾天？

なんにちたいざい
Q：何日滞在しますか。
nannichi taizai shimasuka

A：期間＋です。
desu

一個月
いっかげつ
一ヶ月
ikkagetsu

十天
とおかかん
10日間
tooka kan

三天
みっか
三日
mikka

五天
いつかかん
五日間
itsukakan

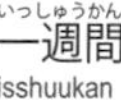

一星期
いっしゅうかん
一週間
isshuukan

兩星期
にしゅうかん
二週間
nishuukan

大約兩個月
やくにかげつ
約2ヶ月
yaku nikagetsu

6 這是日常用品 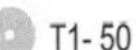 T1-50

請 ______ 。

動詞+ください。
kudasai

開 開(あ)けて akete 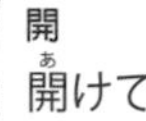 		等 待(ま)って matte 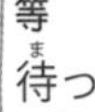 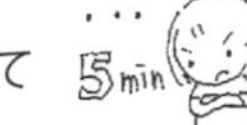
看 見(み)て mite 	關起來 しまって shimatte 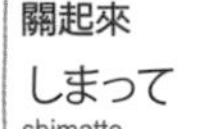 	讓我看 見(み)せて misete  
說 言(い)って ille 	打開 開(あ)いて aite 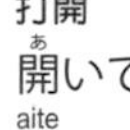 	拿出來 出(だ)して dashite 

這是什麼？
Q:これは何(なん)ですか。
kore wa nan desuka

是  。
A:名詞+です。
desu

日常用品 日常品(にちじょうひん) nichijoohin 	衣服 洋服(ようふく) yoofuku 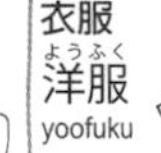 	相機 カメラ kamera  	禮物 プレゼント purezento 
香煙 タバコ tabako 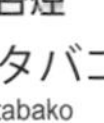 	日本酒 日本酒(にほんしゅ) nihon-shu 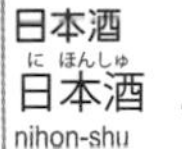 	名產 お土産(みやげ) omiyage 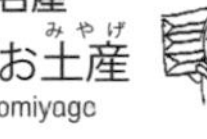	洗臉用具 洗面具(せんめんぐ) senmen-gu  
筆記用具 筆記用具(ひっきようぐ) hikki-yoogu 	絲巾 スカーフ sukaafu 	感冒藥 風邪薬(かぜぐすり) kaze-gusuri 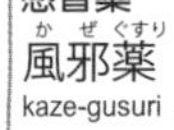 	字典 辞書(じしょ) ji sho 

7 麻煩我到台北 T1-51

麻煩我到＿＿＿＿。

場所＋までお願いします。（ねが）

made onegai shimasu

台北 台北（タイペイ） taipee 	日本 日本（にほん） nihon 	香港 香港（ホンコン） honkon 
北京 北京（ペキン） pekin 	大阪 大阪（おおさか） oosaka 	巴黎 パリ pari 

倫敦 ロンドン rondon 	羅馬 ローマ rooma 	曼谷 バンコク bankoku 	上海 上海（シャンハイ） shanhai 

例句

日本航空櫃檯在哪裡？

日本航空（にほんこうくう）のカウンターはどこですか。

nihonkookuu no kauntaa wa doko desuka

我要辦登機手續。

チェックインします。

chekkuin shimasu

是經濟艙。

エコノミークラスです。

ekonomii-kurasu desu

是商務艙。

ビジネスクラスです。

bijinesu-kurasu desu

是全部禁煙嗎

全部禁煙（ぜんぶきんえん）ですか。

zenbu kinen desuka

有行李要寄放嗎？

預（あず）かる荷物（にもつ）はありますか。

azukaru nimotsu wa arimasuka

有靠窗的座位嗎？

窓側（まどがわ）の席（せき）はありますか。

madogawa no seki wa arimasuka

我要靠走道的。

通路側（つうろがわ）がいいです。

tuuro-gawa ga ii desu

8 我要換日幣 T1-52

請＿＿＿＿＿＿。

名詞+してください。
site kudasai

兌換外幣 りょうがえ 両替 ryoogae 	簽名 サイン sain 
確認 かくにん 確認 kakunin 	換（錢） チェンジ chenji 

例句

に ほんえん 日本円に。 nihonen ni	換成日圓
ご まんえん りょう がえ 5万円両替してください。 gomanen ryoogaeshite kudasai	請換成五萬日圓。
こ ぜに ま 小銭も混ぜてください。 kozeni mo mazete kudasai	也請給我一些零錢。
み パスポートを見せてください。 pasupooto o misete kudasai	請讓我看一下護照。
ねが ここにサインをお願いします。 koko ni sain o onegai shimasu	麻煩您在這裡簽名。
これでいいですか。 korede ii desuka	這樣可以嗎？

9 喂！我是台灣的小李啦 T1-53

例句

給我一張電話卡。
テレホンカード一枚(いちまい)ください。
terehonkaado ichimai kudasai

喂，我是台灣的小李。
もしもし、台湾(タイワン)の李(り)です。
moshi moshi,taiwan no ri desu

陽子小姐在嗎？
陽子(ようこ)さんはいらっしゃいますか。
yooko-san wa irasshaimasuka

我剛到日本。
ただいま、日本(にほん)に着(つ)きました。
tadaima,nihon ni tsukimashita

那麼就在新宿車站見面吧！
では、新宿駅(しんじゅくえき)で会(あ)いましょう。
dewa shinjuku-eki de aimashoo

在哪裡碰面好呢？
どこで会(あ)いましょうか。
doko de aimashooka

知道南口在哪裡嗎？
南口(みなみぐち)はわかりますか。
minami-guchi wa wakarimasuka

搭成田Express去。
成田(なりた)エクスプレスで行(い)きます。
narita-ekusupuresu de ikimasu

在JR的剪票口等你。
ＪＲ(ジェーアール)の改札口(かいさつぐち)で待(ま)っています。
JR no kaisatsu-guchi de matte imasu

待會兒見。
では、また後(あと)で。
dewa, mata atode

好用單字

打電話 電話(でんわ)する denwasuru 	手機 携帯電話(けいたいでんわ) keetai-denwa 	留言 メッセージ messeeji 
外出中 外出中(がいしゅつちゅう) gaishutsu-chuu 	不在家 留守(るす) rusu 	出門 出(で)かける dekakeru 
留言 伝言(でんごん) dengon	鈴聲 発信音(はっしんおん) hasshin-on	要事 ご用件(ようけん) go-yooken

10 我要寄包裹 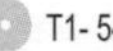 T1-54

麻煩我寄______。

ねが
名詞＋でお願いします。
de onegai shimasu

空運
こうくうびん
航空便
kookuubin

船運
ふなびん
船便
funabin

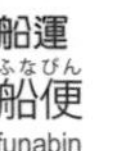

掛號
かきとめ
書留
kakitome

包裹
こづつみ
小包
kozutsumi

宅急便
たっきゅうびん
宅急便
takkyuubin

限時專送
そくたつ
速達
sokutatsu

例句

費用多少？
りょうきん
料金はいくらですか。
ryookin wa ikura desuka

麻煩寄到台灣。
タイワン　ねが
台湾までお願いします。
taiwan made onegai shimasu

請給我明信片10張。
じゅう まい
はがきを１０枚ください。
hagaki o juumai kudasai

哪一個便宜？
やす
どちらが安いですか。
dochira ga yasui desuka

有寄包裹的箱子嗎？
こづつみ　はこ
小包の箱はありますか。
kozutsumi no hako wa arimasuka

麻煩寄航空信。
ねが
エアメールでお願いします。
ea-meeru de onegai shimasu

大概什麼時候寄到？
つ
どのぐらいで着きますか。
donogurai de tsukimasuka

給我一個郵件便利袋。
ふくろ　いちまい
ゆうパックの袋を一枚ください。
yuu-pakku no fukuro o ichimai kudasai

11 一個晚上多少錢 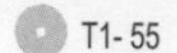 T1-55

 多少錢？

名詞（は…）+いくらですか。

wa　ikura desuka

一晚 一泊（いっぱく） ippaku 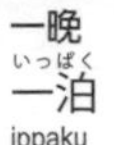		一個人 一人（ひとり） hitori  
兩張單人床房間 ツインは tsuin wa 	一張雙人床房間 ダブルは daburu wa 	單人床房間 シングルは shinguru wa 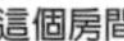
這個房間 この部屋（へや）は kono heya wa 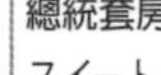	總統套房 スイートルームは suiito-ruumu wa 	兩個人 二人（ふたり）で futari de 

例句

我想預約。
予約（よやく）したいです。
yoyakushitai desu

有附早餐嗎？
朝食（ちょうしょく）はつきますか。
chooshoku wa tsukimasuka

那樣就可以了。
それでお願（ねが）いします。
sorede onegai shimasu

三個人可以住同一間房間嗎？
三人一部屋（さんにんひとへや）でいいですか。
sannin hito-heya de ii desuka

有餐廳嗎？
レストランはありますか。
resutoran wa arimasuka

有沒有更便宜的房間？
もっと安（やす）い部屋（へや）はありませんか。
motto yasui heya wa arimasenka

幾點開始住宿登記？
チェックインは何時（なんじ）からですか。
chekku-in wa nanji kara desuka

12 這巴士有到京王飯店嗎

例句

T2-1

有到○○飯店嗎？

（い）
○○ホテルへ行きますか。
hoteru e ikimasuka

下一班巴士幾點？

（つぎ／なんじ）
次のバスは何時ですか。
tsugi no basu wa nanji desuka

給我一張到新宿的票。

（しんじゅく／いちまい）
新宿まで一枚ください。
shinjuku made ichimai kudasai

請往右側出口出去。

（みぎがわ／でぐち／で）
右側の出口に出てください。
migigawa no deguchi ni dete kudasai

請在3號乘車處上車。

（さんばんの／ば／じょうしゃ）
3番乗り場で乗車してください。
sanban noriba de jooshashite kudasai

我想去澀谷。

（しぶや／い）
渋谷へ行きたいです。
shibuya e iki tai desu

幾號巴士站？

（の／ば／なんばん）
乗り場は何番ですか。
nori-ba wa nanban desuka

這裡有到新宿嗎？

（しんじゅくゆ）
ここは、新宿行きですか。
koko wa, shijuku yuki desuka

到東京車站要幾分鐘？

（とうきょうえき／なんぷん）
東京駅まで何分ですか。
tookyoo-eki made nanpun desuka

我想在池袋車站前下車。

（いけぶくろえきまえ／お）
池袋駅前に降りたいんですが。
ikebukuro eki-mae ni ori tain desuga

好用單字

車票
（きっぷ）
切符
kippu

售票處
（う／ば）
売り場
uriba

機場巴士
リムジンバス
rimujinbasu

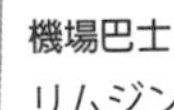

乘車處
（の／ば）
乗り場
noriba

一號巴士站
（いちばんの／ば）
1番乗り場
ichiban nori-ba

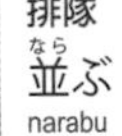

排隊
（なら）
並ぶ
narabu

往新宿
（しんじゅくゆ）
新宿行き
shinjuku yuki

往東京車站
（とうきょうえきゆ）
東京駅行き
tookyoo-eki yuki

東京都中心區
（とな
い）
都内
tonai

1 我要住宿登記 T2-2

麻煩＿＿＿。

名詞＋をお願（ねが）いします。

o onegai shimasu

住宿登記 チェックイン chekkuin		行李 荷物（にもつ） nimotsu
說明 説明（せつめい） setsumee	簽名 サイン sain	鑰匙 鍵（かぎ） kagi

例句

有預約。
予約（よやく）してあります。
yoyakushite arimasu

沒預約。
予約（よやく）してありません。
yoyakushite arimasen

我叫李明寶。
李明宝（リメイホウ）といいます。
ri meehoo to iimasu

幾點退房？
チェックアウトは何時（なんじ）ですか。
chekkuauto wa nanji desuka

麻煩刷卡。
カードでお願（ねが）いします。
kaado de onegai shimasu

在哪裡吃早餐？
朝食（ちょうしょく）はどこで食（た）べますか。
chooshoku wa doko de tabemasuka

請幫我搬行李。
荷物（にもつ）を運（はこ）んでください。
nimotsu o hakonde kudasai

有保險箱嗎？
金庫（きんこ）はありますか。
kinko wa arimasuka

有街道的地圖嗎？
街（まち）の地図（ちず）はありますか。
machi no chizu wa arimasuka

請幫我搬行李。
荷物（にもつ）を運（はこ）んでください。
nimotsu o hakonde kudasai

2 幫我換床單 T2-3

請  。

名詞＋を＋動詞＋ください。
o kudasai

房間／更換 部屋(へや)／変(か)えて heya kaete		熨斗／借我 アイロン／貸(か)して airon kashite
行李／搬運 荷物(にもつ)／運(はこ)んで nimotsu hakonde	地方／告訴我 場所(ばしょ)／教(おし)えて basho oshiete	使用方法／教 使(つか)い方(かた)／教(おし)えて tsukai-kata oshiete
毛巾／更換 タオル／換(か)えて taoru kaete	掃／打 掃除(そうじ)／して sooji shite	床單／更換 シーツ／換(か)えて shiitsu kaete 

例句

請打掃房間。
部屋(へや)を掃除(そうじ)してください。
heya o soojishite kudasai

請再給我一條毛巾。
タオルをもう一枚(いちまい)ください。
taoru o moo ichimai kudasai

鑰匙不見了。
鍵(かぎ)をなくしました。
kagi o nakushimashita

沒有開瓶器。
栓抜(せんぬ)きがありません。
sennuki ga arimasen

可以給我冰塊嗎？
氷(こおり)はもらえますか。
koori wa moraemasuka

電視故障了。
テレビが壊(こわ)れています。
terebi ga kowarete imasu

房間好冷。
部屋(へや)が寒(さむ)いです。
heya ga samui desu

我要英文版報紙。
英語(えいご)の新聞(しんぶん)がほしいです。
eego no shinbun ga hoshii desu

衣架不夠。
ハンガーが足(た)りません。
hangaa ga tarimasen

3 我要一客比薩 T2-4

例句

100號客房。
１００号室（ひゃくごうしつ）です。
hyaku-gooshitsu desu

我要客房服務。
ルームサービスをお願（ねが）いします。
ruumu-saabisu o onegai shimasu

給我一客比薩。
ピザを一（ひと）つください。
piza o hitotsu ku dasai

我要送洗。
洗濯物（せんたくもの）をお願（ねが）いします。
sentakumono o onegai shimasu

早上6點請叫醒我。
朝（あさ）6時（ろくじ）にモーニングコールをお願（ねが）いします。
asa rokuji ni mooningu-kooru o onegai shimasu

麻煩幫我按摩。
マッサージをお願（ねが）いします。
massaaji o onegai shimasu

想預約餐廳。
レストランの予約（よやく）をしたいです。
resutoran no yoyaku o shitai desu

想打國際電話。
国際電話（こくさいでんわ）をかけたいです。
kokusaidenwa o kaketai desu

有游泳池嗎？
プールはありますか。
puuru wa arimasuka

好用單字

床單 シーツ shiitsu	枕頭 枕（まくら） makura	開瓶器 栓抜（せんぬ）き sennuki
毛毯 毛布（もうふ） moofu	衛生紙 トイレットペーパー toirettopeepaa	洗髮精 シャンプー shanpuu
一套刷牙用具 歯磨（はみが）きセット hamigaki-setto	棉被 布団（ふとん） futon	吹風機 ドライヤー doraiyaa
潤絲精 リンス rinsu	淋浴 シャワー shawaa	小刀 ナイフ naifu

4 我要退房

T2-5

例句

我要退房。

チェックアウトします。

chekkuauto shimasu

這是什麼？

これは何(なん)ですか。

kore wa nan desuka

沒有使用迷你吧。

ミニバーは利用(りよう)していません。

minibaa wa riyooshite imasen

麻煩確認一下。

確認(かくにん)をお願(ねが)いします。

kakunin o onegai shimasu

麻煩我要刷卡。

カードでお願(ねが)いします。

kaado de onegai shimasu

請簽名。

サインしてください。

sain shite kudasai

多謝關照。

お世話(せわ)になりました。

osewa ni narimashita

請給我收據。

領収書(りょうしゅうしょ)をください。

ryooshuusho o kudasai

好用單字

冰箱 冷蔵庫(れいぞうこ) reezooko 	明細 明細(めいさい) meesai
稅金 税金(ぜいきん) zeekin	服務費 サービス料(りょう) saabisuryoo
迷你酒吧 ミニバー mini-baa	收據 領収書(りょうしゅうしょ) ryooshuusho 
電話費 電話代(でんわだい) denwa-dai	傳真費用 ファックス代(だい) fakkusu-dai 

1 老闆！仙貝一盒多少錢

T2-6

＿＿＿ 多少錢？

名詞＋數量＋いくらですか。

ikura desuka

豆沙糯米飯糰／兩個
おはぎ／二(ふた)つ
ohagi futatsu

麻薯／三個
おもち／三(みっ)つ
omochi mittsu

仙貝／一盒
お煎餅(せんべい)／一箱(ひとはこ)
osenbee hitohako

紅豆烤餅／四個
どら焼(や)き／四(よっ)つ
dorayaki yottsu

這個／一個
これ／一(ひと)つ
kore hitotsu

蘋果／一堆
りんご／一山(ひとやま)
ringo hitoyama

花／一束
花(はな)／一束(ひとたば)
hana hitotaba

茄子／一盤
ナス／一皿(ひとさら)
nasu hitosara

雨傘／一支
かさ／一本(いっぽん)
kasa ippon

刨冰／一份
かき氷(ごおり)／一(ひと)つ
kakigoori hitotsu

秋刀魚／一盤
さんま／一皿(ひとさら)
sanma hitosara

麻薯丸子／兩串 お団子(だんご)／二串(ふたくし) odango futakushi 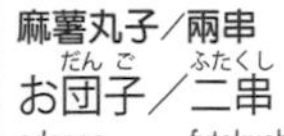 	烤章魚／一盒 たこ焼(や)き／一箱(ひとはこ) takoyaki hitohako 
礦泉水／一瓶 ミネラルウォーター／一本(いっぽん) mineraruootaa ippon  	葡萄／一盒 ぶどう／一箱(ひとはこ) budoo hitohako 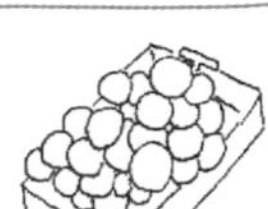
罐裝啤酒／一罐 缶(かん)ビール／一(ひと)つ kan-biiru hitotsu 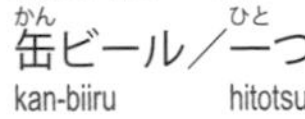 	紙巾／一包 ティッシュ／一(ひと)つ tisshu hitotsu 

例句

歡迎光臨。

いらっしゃいませ。

irasshai mase

可以試吃嗎？

試食(ししょく)してもいいですか。

shishokushitemo ii desuka

這個請給我一盒。

これをワンパックください。

kore o wanpakku kudasai

算我便宜一點嘛。

まけてくださいよ。

makete kudasaiyo

再買一個。

もう一(ひと)つ買(か)います。

moo hitotsu kaimasu

全部多少錢？

全部(ぜんぶ)でいくらですか。

zenbu de ikura deuska

有沒有更便宜的？

もっと安(やす)いのはありますか。

motto yasui nowa arimasuka

這好吃嗎？

これは、おいしいですか。

kore wa oishii desuka

2 給我漢堡 T2-7

給我＿＿＿。

名詞＋ください。
kudasai

漢堡
ハンバーガー
hanbaagaa

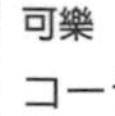

可樂
コーラ
koora

薯條
フライドポテト
furaidopoteto

熱狗
ホットドッグ
hotto-dogu

沙拉
サラダ
sarada

果汁
ジュース
juusu

咖啡
コーヒー
koohii

蕃茄醬
ケチャップ
kechappu

例句

可樂中杯。
コーラはM（エム）です。
koora wa emu desu

在這裡吃。
ここで食（た）べます。
koko de tabemasu

外帶。
テイクアウトします。
teikuauto shimasu

全部多少錢？
全部（ぜんぶ）でいくらですか。
zenbu de ikura desuka

請給我大的。
大（おお）きいのをください。
ookiino o kudasai

我要附咖啡。
コーヒーを付（つ）けてください。
koohii o tsukete kudasai

也給我砂糖跟奶精。
砂糖（さとう）とミルクもください。
satoo to miruku mo kudasai

有餐巾嗎？
ナプキンはありますか。
napukin wa arimasuka

3 便當幫我加熱 T2-8

例句

便當要加熱嗎？
べんとう　あたた
お弁当を温めますか。
o-bentoo o atatamemasuka

幫我加熱。
あたた
温めてください。
atatamete kudasai

需要筷子嗎？
はし　い
お箸は要りますか。
o-hashi wa irimasuka

收您一千日圓。
せんえん　あず
千円お預かりします。
senen oazukari shimasu

找您兩百日圓。
にひゃくえん
２百円のおつりです。
nihyakuen no otsuri desu

需要湯匙嗎？
い
スプーンは要りますか。
supuun wa irimasuka

麻煩您。
ねが
お願いします。
onegai shimasu

果汁在哪裡？
ジュースはどこですか。
juusu wa doko desuka

請給我70日圓的郵票。
ななじゅうえんきって
70 円切手をください。
nanajuuenn kitte o kudasai

好用單字

便利商店 コンビニ konbini 	收銀台 レジ reji 	果汁 ジュース juusu 
袋子 ふくろ 袋 fukuro 	零錢 おつり otsuri 	打折扣 おまけ omake 
碗麵 カップラーメン kappu-raamen 	小點心 かし スナック菓子 sunakku-kashi 	保特瓶 ペットボトル petto-botoru 

4 這附近有拉麵店嗎  T2-9

附近有＿＿嗎？

近（ちか）くに＋商店＋はありますか。

chikaku ni　　wa arimasuka

拉麵店
ラーメン屋（や）
raamen-ya

壽司店
寿司屋（すしや）
sushi-ya

開放式咖啡店
オープンカフェ
oopun-kafe

闔家餐廳
ファミリーレストラン
famirii-resutoran

義大利餐廳
イタリア料理店（りょうりてん）
itaria-ryoori-ten

印度餐廳
インド料理店（りょうりてん）
indo-ryoori-ten

中華料理店
中華料理店（ちゅうかりょうりてん）
chuuka-ryoori-ten

牛丼店
牛丼屋（ぎゅうどんや）
gyuudon-ya

烤肉店
焼き肉屋（やきにくや）
yakiniku-ya

日本料理店
日本料理店（にほんりょうりてん）
nihon-ryoori-ten

印度餐廳
インド料理店（りょうりてん）
indo-ryoori-ya

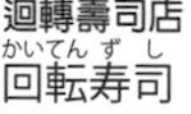

迴轉壽司店
回転寿司（かいてんずし）
kaiten-zushi

料亭（日本傳統料理店）
料亭（りょうてい）
ryootee

比薩店
ピザ屋（や）
peza-ya

例句

てんぷら屋(や)はありますか。 tenpura-ya wa arimasuka	有天婦羅店嗎？
場所(ばしょ)はどこですか。 basho wa doko desuka	地方在哪裡？
値段(ねだん)はどれくらいですか。 nedan wa dorekurai desuka	價錢多少？
寿司(すし)が食(た)べたいです。 sushi ga tabe tai desu	想吃壽司。
おいしいですか。 oishii desuka	好吃嗎？
何(なに)がおいしいですか。 nani ga oishii desuka	什麼好吃呢？
お勧(すす)めはなんですか。 o-susume wa nan desuka	你推薦什麼？

5 今晚七點二人

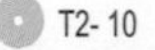

在＿＿＿＿。

時間＋で＋人數＋です。
de desu

今晚7點／兩人 こんばんしちじ　ふたり 今晚７時／二人 konban shichiji futari	明晚8點／四人 あした　よるはちじ　よにん 明日の夜８時／四人 ashita no yoru hachiji yonin
今天6點／三個人 きょう　ろく　さんにん 今日の6時／三人 kyoo no rokuji sannin	星期六8點／十個人 どようび　はちじ　じゅうにん 土曜日の8時／10人 doyoobi no hachiji juunin 

例句

我姓李。
り　もう
李と申します。
ri to mooshimasu

請給我靠窗的座位。
まどがわ　せき　ねが
窓側の席をお願いします。
mado-gawa no seki o onegai shimasu

也有壽喜燒嗎？
すきやきもありますか。
sukiyaki mo arimasuka

從車站很近嗎？
えき　ちか
駅から近いですか。
eki kara chikai desuka

套餐多少錢？
コースはいくらですか。
koosu wa ikura desuka

請傳真地圖給我。
ちず
地図をファックスしてください。
chizu o fakkusu shite kudasai

也能喝酒嗎？
さけ　の
お酒も飲めますか。
o-sake mo nomemasuka

請多多指教。
ねが
よろしくお願いします。
yoroshiku onegai shimasu

6 我姓李，預約七點

T2- 11

例句

我姓李，預約7點。
り　しちじ　よやく
李です。7時に予約してあります。
ri desu, shichiji ni yoyakushite arimasu

四人。
よにん
4人です。
yonin desu

有非吸煙區嗎？
きんえんせき
禁煙席はありますか。
kinenseki wa arimasuka

沒有預約。
よやく
予約してありません。
yoyakushite arimasen

要等多久？
ま
どれくらい待ちますか。
dorekurai machimasuka

有很多人嗎？
こ
混んでいますか。
konde imasuka

那麼，我下次再來。
では、またにします。
dewa, mata ni shimasu

那麼，我等。
ま
では、待ちます。
dewa, machimasu

有靠窗的位子嗎？
まどぎわ
窓際はあいていますか。
mado-giwa wa aite imasuka

好用單字

吸煙區
きつえんせき
喫煙席
kitsuen seki

包廂
こしつ
個室
koshitsu

客滿
まんいん
満員
manin

有位子
あ
空く
aku

餐桌
テーブル
teeburu

櫃臺
カウンター
kauntaa

兩人座位
ふたりせき
二人席
futari seki

四人座位
よにんせき
四人席
yonin seki

7 我要點菜  T2- 12

例句

メニューを見(み)せてください。 menyuu o misete kudasai	請給我菜單。
注文(ちゅうもん)をお願(ねが)いします。 chuumon o onegai shimasu	我要點菜。
お勧(すす)め料理(りょうり)は何(なん)ですか。 o-susume-ryoori wa nan desuka	推薦菜是什麼？
これは、どんな料理(りょうり)ですか。 kore wa, donna ryoori desuka	這是什麼樣的菜？
魚(さかな)ですか。肉(にく)ですか。 sakana desuka.niku desuka	是魚還是肉？
デザートは、何(なに)がありますか。 dezaato wa, nani ga arimasuka	有什麼點心？
では、これにします。 dewa, kore ni shimasu	那麼我要這個。
Bコースを二(ふた)つ、お願(ねが)いします。 bii-koosu o futatsu, onegai shimasu	麻煩兩個B套餐。

我要＿＿＿＿。

料理＋にします。
ni shimasu

壽司
寿司(すし)
sushi

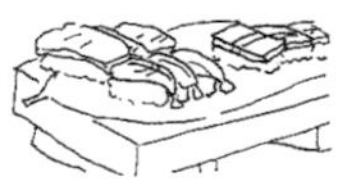

天婦羅套餐
天ぷら定食(てんぷらていしょく)
tenpura teeshoku

涮涮鍋 しゃぶしゃぶ shabushabu 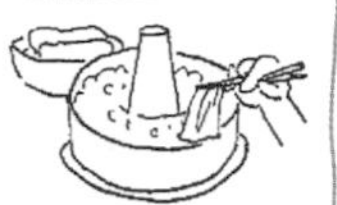	壽喜燒 すきやき sukiyaki 
炸豬排 かつどん katsudon 	黑輪 おでん oden 
鰻魚飯 うな重（じゅう） unajuu 	烏龍麵 うどん udon 
拉麵 ラーメン raamen 	手捲 手（て）巻（ま）き temaki 
豬排飯 カツ丼（どん） katsudon 	梅花套餐 梅（うめ）定食（ていしょく） ume teeshoku 
A套餐 Aコース ee koosu 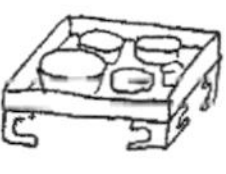	那個 それ sore 

我要＿＿＿＿＿。
料理＋にします。
ni shimasu

比薩 ピサ piza 	義大利麵 スパゲッティ supagetti 
燒賣 シューマイ shuumai 	烤肉 焼き肉 yaki-niku 
韓國泡菜 キムチ kimuchi 	印度咖哩 インドカレー indo-karee 
北京烤鴨 北京ダック pekin-dakku 	牛排 ステーキ suteeki 
三明治 サンドイッチ sandoicchi 	蛋包飯 オムライス omu-raisu 
那個 それ sore 	咖哩飯 カレーライス karee-raisu 

8 要飲料 T2-13

飲料呢？

Q：お飲(の)み物(もの)は？

o-nomimono wa

給我＿＿＿。

A：飲料＋をください。

o kudasai

烏龍茶

ウーロン茶(ちゃ)

uuron-cha

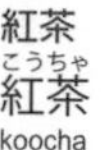

紅茶

紅茶(こうちゃ)

koocha

咖啡

コーヒー

koohii

柳橙汁

オレンジジュース

orenji-juusu

濃縮咖啡

エスプレッソ

esupuresso

卡布奇諾

カプチーノ

kapuchiino

檸檬茶

レモンティー

remon-tii

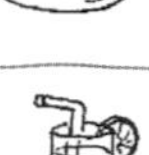

奶茶

ミルクティー

miruku-tii

冰紅茶

アイスティー

aisu-tii

七喜

セブンアップ

sebunappu

檸檬汽水

レモンサイダー

remon-saidaa

咖啡歐雷

カフェオレ

kafe-ore

可樂

コーラ

koora

可可亞

ココア

kokoa

您要甜點嗎？

Q：デザートはいかが ですか？

dezaato wa ikaga desuka

給我＿＿＿＿。

A：甜點＋をください。

o kudasai

布丁 プリン purin 	蛋糕 ケーキ keeki
聖代 パフェ pafe 	冰淇淋 アイスクリーム aisu-kuriimu 
霜淇淋 ソフトクリーム sofuto-kuriimu 	日式櫻花糕點 桜餅（さくらもち） sakura-mochi 
羊羹 ようかん yookan 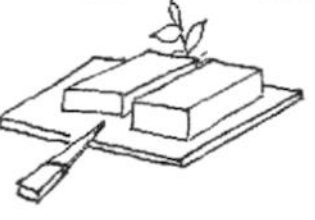	紅豆蜜 あんみつ anmitsu 
三色豆沙糯米糰子 ３色（さんしょく）おはぎ sanshoku-ohagi 	

例句

お飲（の）み物（もの）は食（しょく）事と一緒（いっしょ）ですか。食後（しょくご）ですか。 o-nomi-mono wa shokuji to issho desuka. shokugo desuka	飲料跟餐點一起上，還是飯後送？
食後（しょくご）にお願（ねが）いします。 shokugo ni onegai shimasu	請飯後再上。
一緒（いっしょ）にお願（ねが）いします。 issho ni onegai shimasu	麻煩一起送來。
ミルクと砂糖（さとう）はつけますか。 miruku to satoo wa tsukemasuka	要附奶精跟砂糖嗎？
砂糖（さとう）だけ、お願（ねが）いします。 satoo dake, onegai shimasu	麻煩只要砂糖就好。
グラスはいくつですか。 gurasu wa ikutsu desuka	要幾個杯子？

9 我們各付各的

T2-14

例句

麻煩結帳。

かんじょう　ねが
お勘定をお願いします。
okanjoo o onegai shimasu

請一起結帳。

いっしょ　ねが
一緒でお願いします。
issho de onegai shimasu

我要刷卡。

ねが
カードでお願いします。
kaado de onegai shimasu

謝謝您的招待。

ちそうさま
ご馳走様でした。
gochisoosama deshita

我們各付各的。

べつべつ　ねが
別々でお願いします。
betsubetsu de onegai shimasu

這張信用卡能用嗎？

つか
このカードは使えますか。
kono kaado wa tsukaemasuka

給你一萬日圓。

いちまんえん　ねが
一万円でお願いします。
ichiman-en de onegai shimasu

真是好吃。

おいしかったです。
oishikatta desu

好用單字

點菜
ちゅうもん
注文
chuumon

費用
ひよう
費用
hiyoo

現金
げんきん
現金
genkin

付錢
はら
払う
harau

信用卡
クレジットカード
kurejitto-kaado

收銀台
レジ
reji

服務費
りょう
サービス料
saabisu-ryoo

零錢
おつり
otsuri

1 我坐電車 T2-15

我想到＿＿＿＿。

場所＋まで行(い)きたいです。
made ikitai desu

新宿 新宿(しんじゅく) shinjuku 	東京灣 東京湾(とうきょうわん) tookyoo-wan 
台場 お台場(だいば) o-daiba 	東京鐵塔 東京(とうきょう)タワー tookyoo-tawaa 
淺草 浅草(あさくさ) asakusa 	富士電視 フジテレビ fuji-terebi 
澀谷車站 渋谷駅(しぶやえき) shibuya-eki 	原宿車站 原宿駅(はらじゅくえき) harajuku-eki 
上野 上野(うえの) ueno 	青山一丁目 青山一丁目(あおやまいっちょうめ) aoyama-icchoome 
銀座 銀座(ぎんざ) ginza 	六本木 六本木(ろっぽんぎ) ropponngi 
羽田 羽田(はねだ) haneda 	品川 品川(しながわ) shinagawa 

例句

次(つぎ)の電車(でんしゃ)は何時(なんじ)ですか。 tsugi no densha wa nanji desuka	下一班電車幾點？
秋葉原駅(あきはばらえき)にとまりますか。 akihabara-eki ni tomarimasuka	秋葉原車站會停嗎？
品川駅(しながわえき)で乗(の)り換(か)えますか。 shinagawa-eki de norikaemasuka	在品川車站換車嗎？
次(つぎ)の駅(えき)はどこですか。 tsugi no eki wa doko desuka	下一站哪裡？
どこで乗(の)り換(か)えますか。 doko de norikaemasuka	在哪裡換車？
この電車(でんしゃ)は、東京(とうきょう)に行(い)きますか。 kono densha wa, tookyoo ni ikimasuka	這輛電車往東京嗎？
赤坂(あかさか)まで行(い)きたいです。 akasaka made iki tai desu	想去赤坂。
どこで降(お)りればいいですか。 doko de orireba ii desuka	在哪裡下車好呢？

好用單字

車子 車(くるま) kuruma 	新幹線 新幹線(しんかんせん) shinkansen 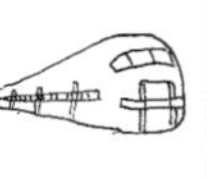 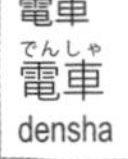	電車 電車(でんしゃ) densha 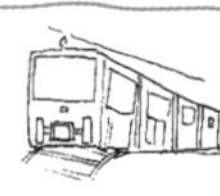
公車 バス basu 	三輪車 三輪車(さんりんしゃ) sanrinsha 	渡船 連絡船(れんらくせん) renraku-sen 

計程車 タクシー takushii 	警車 パトカー patokaa 
消防車 消防車（しょうぼうしゃ） shooboosha 	機車 バイク baiku 
腳踏車 自転車（じてんしゃ） jitensha 	貨車 トラック torakku 
船 船（ふね） fune 	遊艇 フェリー ferii 
飛機 飛行機（ひこうき） hikooki 	直昇機 ヘリコプター herikoputaa 
小船 ボート booto 	單軌電車 モノレール monoreeru 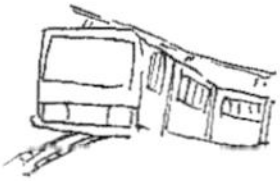

2 我坐公車 T2-16

例句

公車站在哪裡？
バス停(てい)はどこですか。
basutee wa doko desuka

這台公車去東京車站嗎？
このバスは東京駅(とうきょうえき)へ行(い)きますか。
kono basu wa tookyoo-eki e ikimasuka

有往澀谷嗎？
渋谷(しぶや)へは行(い)きますか。
shibuya e wa ikimasuka

幾號公車能到？
何番(なんばん)のバスが行(い)きますか。
nanban no basu ga ikimasuka

東京車站在第幾站？
東京駅(とうきょうえき)はいくつ目(め)ですか。
tookyoo-eki wa ikutume desuka

在哪裡下車呢？
どこで降(お)りたらいいですか。
doko de oritara ii desuka

到了請告訴我。
着(つ)いたら教(おし)えてください。
tsuitara oshiete kudasai

多少錢？
いくらですか。
ikura desuka

一千塊日幣可以嗎？
千円札(せんえんさつ)でいいですか。
senen-satsu de ii desuka

小孩多少錢？
こどもはいくらですか。
kodomo wa ikura desuka

好用單字

路線圖
路線図(ろせんず)
rosenzu

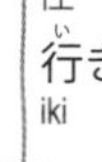

往
行(い)き
iki

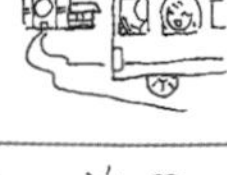

乘車券
乗車券(じょうしゃけん)
jooshaken

門
ドア
doa

下一站
次(つぎ)
tsugi

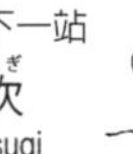

博愛座
優先席(ゆうせんせき)
yuusen-seki

吊環
つり革(かわ)
tsuri-kawa

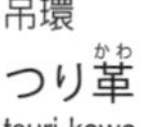

搖晃
揺(ゆ)れる
yureru

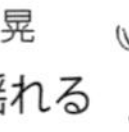

3 我坐計程車 T2-17

請到＿＿＿＿。

場所＋までお願(ねが)いします。
made onegai shimasu

王子飯店 プリンスホテル purinsu hoteru 	上野車站 上野駅(うえのえき) ueno-eki
這裡（拿紙給對方看） ここ（紙(かみ)を見(み)せる） koko (kami o miseru) 	成田機場 成田空港(なりたくうこう) narita-kuukoo 
六本木hills 六本木(ろっぽんぎ)ヒルズ roppongi-hiruzu 	國立博物館 国立博物館(こくりつはくぶつかん) kokuritsu-hakubutsukan 

例句

到那裡要花多少時間？
そこまでどれくらいかかりますか。
soko made dorekurai kakarimasuka

路上塞車嗎？
道(みち)は、混(こ)んでいますか。
michi wa, konde imasuka

請向右轉。
右(みぎ)に曲(ま)がってください。
migi ni magatte kudasai

前面右轉。
その先(さき)を右(みぎ)へ。
sono saki o migi e

請在第三個轉角左轉。
三(みっ)つ目(め)の角(かど)を左(ひだり)へ曲(ま)がってください。
mittsu-me no kado o hidari e magatte kudasai

請直走。
まっすぐ行(い)ってください。
massugu itte kudasai

這裡就可以了。
ここでいいです。
koko de iidesu

請在那裡停車。
そこで停(と)めてください。
soko de tomete kudasai

4 我要租車子

T2-18

例句

我想租車。
くるま　か
車を借りたいです。
kuruma o karitai desu

我想租那一部車。
くるま　か
あちらの車を借りたいです。
achira no kuruma o kari tai desu

有保險嗎？
ほ けん
保険はついていますか。
hoken wa tsuite imasuka

車子故障了。
くるま　こしょう
車が故障しました。
kuruma ga koshoo shimashita

傍晚還車。
ゆうがた　かえ
夕方に返します。
yuugata ni kaeshimasu

小型車比較好。
こ がた　くるま
小型の車がいいです。
kogata no kuruma ga ii desu

保證金多少？
ほしょうきん
保証 金はいくらですか。
hoshookin wa ikura desuka

一天多少租金？
いちにち
一日いくらですか。
ichinichi ikura desuka

這台車還你。
くるま　かえ
この車を返します。
kono kuruma o kaeshimasu

我要還車。
くるま　へんきゃく
車を返却します。
kuruma o henkyaku shimasu

好用單字

租車
レンタカー
rentakaa

國際駕駛執照
こくさいうんてん めんきょしょう
国際運転 免許証
kokusai-unten menkyo-shoo

契約書
けいやくしょ
契約書
keeyakusho

破胎
パンク
panku

注意
ちゅう い
注意
chuui

安全開車
あんぜんうんてん
安全運転
anzen-unten

聯絡處
れんらくさき
連絡先
renraku-saki

備胎
スペアタイヤ
supea-taiya

5 糟糕！我迷路了 T2-19

例句

我迷路了。
道(みち)に迷(まよ)いました。
michi ni mayoi mashita

請告訴我車站怎麼走？
駅(えき)への道(みち)を教(おし)えてください。
eki eno michi o oshiete kudasai

對不起，可以請教一下嗎？
すみませんが、ちょっと教(おし)えてください。
sumimasen ga,chotto oshiete kudasai

上野車站在哪裡？
上野駅(うえのえき)はどこですか。
ueno-eki wa doko desuka

新宿要怎麼走呢？
新宿(しんじゅく)は、どう行(い)けばいいですか。
shinjuku wa, doo ikeba ii desuka

請沿這條路直走。
この道(みち)をまっすぐ行(い)ってください。
kono michi o massugu itte kudasai

請在下一個紅綠燈右轉。
次(つぎ)の信号(しんごう)を右(みぎ)に曲(ま)がってください。
tsugi no shingoo o migi ni magatte kudasai

上野車站在左邊。
上野駅(うえのえき)は左側(ひだりがわ)にあります。
ueno-eki wa hidarigawa ni arimsu

南邊是哪一邊？
南(みなみ)はどちらですか。
minami wa dochira desuka

______ 嗎？

名詞＋は＋形容詞＋ですか？
wa desuka

車站／遠
駅(えき)／遠(とお)い
eki tooi

那裡／近
そこ／近(ちか)い
soko chikai

那條道路／寬廣
その道(みち)／広(ひろ)い
sono michi hiroi

前往方式／困難
行(い)き方(かた)／難(むずか)しい
iki-kata muzukashii

道路／容易辨認
道(みち)／わかりやすい
michi wakari yasui

1　我想看慶典　T2-20

想＿＿＿。

名詞(を…) ＋動詞＋たいです。
o　tai desu

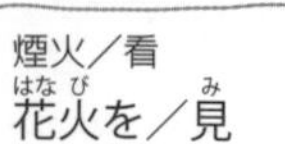

煙火／看 花火(はなび)を／見(み) hanabi o　mi	慶典／看 お祭(まつり)を／見(み) o-matsuri o　mi
迪士尼樂園／去 ディズニーランドへ／行(い)き dizuniirando e　iki	在游泳池／游泳 プールで／泳(およ)ぎ puuru de　oyogi

往山上／去 山(やま)へ／行(い)き yama e　iki	日本料理／吃 日本料理(にほんりょうり)を／食(た)べ nihon-ryoori o　tabe	購物 買(か)い物(もの)を／し kai-mono o　shi

例句

請給我地圖
地図(ちず)をください。
chizu o kudasai

博物館現在有開嗎？
博物館(はくぶつかん)は今(いま)開(あ)いていますか。
hakubutsukan wa ima aite imasuka

這裡可以買票嗎？
ここでチケットは買(か)えますか。
koko de chiketto wa kaemasuka

名產店在哪裡？
みやげ物店(ものてん)はどこにありますか。
miyagemono-ten wa doko ni arimasuka

近代美術館在哪裡？
近代美術館(きんだいびじゅつかん)はどこですか。
kindai-bijutsukan wa doko desuka

有沒有什麼好玩的地方呢？
なにか面白(おもしろ)いところはありますか。
nanika omoshiroi tokoro wa arimasuka

有壯麗的寺廟嗎？
きれいなお寺(てら)はありますか。
kiree na o-tera wa arimasuka

請推薦一下飯店。
ホテルを紹介(しょうかい)してください。
hoteru o shookai shite kudasai

2 我想看名勝 T2-21

我要＿＿＿。

名詞+がいいです。
ga ii desu

歷史巡遊 れきし 歴史めぐり rekishi-miguri 	美術館巡遊 びじゅつかん 美術館めぐり bijutsukan-meguri 
名勝巡遊 めいしょ 名所めぐり meesho-meguri 	一日行程 いちにち 一日コース ichinichi koosu 
下午行程 ごご 午後コース gogo koosu 	半天行程 はんにち 半日コース hannichi-koosu 

例句

有附餐嗎？
しょくじ　つ
食事は付きますか。
shokuji wa tsukimasuka

幾點出發？
しゅっぱつ　なんじ
出発は何時ですか。
shuppatsu wa nanji desuka

幾點回來？
なんじ　もど
何時に戻りますか。
nanji ni modorimasuka

在哪裡集合呢？
あつ
どこに集まればいいですか。
doko ni atsumareba ii desuka

有中文導遊嗎？
ちゅうごくご
中国語のガイドはいますか。
chuugoku-go no gaido wa imasuka

有英文導遊嗎？
えいご
英語のガイドはいますか。
eego no gaido wa imasuka

要到什麼地方呢？
い
どんなところに行きますか。
donna tokoro ni ikimasuka

哪個有趣呢？
おもしろ
どれが面白いですか。
dore ga omoshiroi desuka

3 這裡可以拍照嗎？  T2-22

可以嗎？

名詞＋を＋動詞＋もいいですか。
o　　　mo ii desuka

相片／照 写真（しゃしん）／撮（と）って shashin　totte 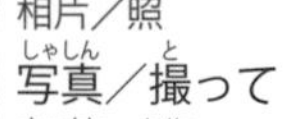 	煙／抽 タバコ／吸（す）って tabako　sutte 
箱子／打開 箱（はこ）／開（あ）けて hako　akete 	這個／觸摸 これ／触（さわ）って kore　sawatte 
聲音／放出 声（こえ）／出（だ）して koe　dashite  	V8／拍攝 ビデオ／撮（と）って bideo　totte 

例句

写真（しゃしん）を撮（と）っていただけますか。　可以幫我拍照嗎？
shashin o totte itadakemasuka

ここを押（お）すだけです。　只要按這裡就行了。
koko o osu dake desu

一緒（いっしょ）に写真（しゃしん）を撮（と）ってもいいですか。　可以一起照張相嗎？
issho ni shashin o tottemo ii desuka

もう一枚（いちまい）お願（ねが）いします。　麻煩再拍一張。
moo ichimai onegai shimasu

あれと一緒（いっしょ）に撮（と）ってください。　請把那個一起拍進去。
are to isho ni totte kudasai

4 這建築物真棒  T2- 23

 啊！

形容詞＋名詞＋ですね。
desune

很棒的／畫 素敵(すてき)な／絵(え) suteki na　e 	很漂亮的／和服 綺麗(きれい)な／着物(きもの) kiree na　kimono 
雄偉的／雕刻 立派(りっぱ)な／彫刻(ちょうこく) rippa na　chookoku 	大的 雕像 大(おお)きな／像(ぞう) ooki na　zoo 
很棒的／建築物 すごい／建物(たてもの) sugoi　tatemono 	很棒的／作品 すばらしい／作品(さくひん) subarasii　sakuhin
美麗的／陶瓷器皿 美(うつく)しい／陶器(とうき) utsukushii　tooki 	

例句

入場費多少？
入場料(にゅうじょうりょう)はいくらですか。
nyuujooryoo wa ikura desuka

有館內導遊服務嗎？
館内(かんない)ガイドはいますか。
kannai gaido wa imasuka

幾點休館？
何時(なんじ)に閉館(へいかん)ですか。
nanji ni heekan desuka

小孩多少錢？
こどもはいくらですか。
kodomo wa ikura desuka

有中文說明嗎？
中国語(ちゅうごくご)の説明(せつめい)はありますか。
chuugokugo no setsumee wa arimasuka

我要風景明信片。
絵葉書(えはがき)がほしいです。
e-hagaki ga hoshii desu

5 給我大人二張 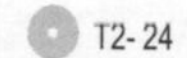 T2-24

給我＿＿＿。

ねが

名詞＋數量＋お願いします。

onegai shimasu

大人／十張 おとな　じゅうまい 大人／十枚 otona　juumai	成人／兩張 おとな　にまい 大人／二枚 otona　nimai
學生／一張 がくせい　いちまい 学生／一枚 gakusee　ichimai	小孩／兩張 にまい こども／二枚 kodomo　nimai
中學生／三張 ちゅうがくせい　さんまい 中学生／三枚 chuugakusee　sanmai	

例句

售票處在哪裡？
う　ば
チケット売り場はどこですか。
chiketto uriba wa doko desuka

學生有折扣嗎？
がくせいわりびき
学生割引はありますか。
gakusee waribiki wa arimasuka

我要一樓的位子。
いっかい　せき
１階の席がいいです。
ikkai no seki ga ii desu

有沒有更便宜的座位？
やす　せき
もっと安い席はありますか。
motto yasui seki wa arimasuka

坐哪個位子比較好觀看呢？
せき　み
どの席が見やすいですか。
dono seki ga miyasui desuka

一張多少錢？
いちまい
一枚いくらですか。
ichimai ikura desuka

請給我三張。
さんまい
三枚ください。
sanmai kudasai

麻煩學生票一張。
がくせいいちまい　ねが
学生一枚、お願いします。
gakusee ichimai onegai shimasu

6 我想聽演唱會 T2-25

我想看＿＿＿＿。

名詞＋を見(み)たいです。
o mitai desu

音樂會
コンサート
konsaato

電影
映画(えいが)
eega

歌劇
オペラ
opera

歌舞伎
歌舞伎(かぶき)
kabuki

例句

目前受歡迎的電影是哪一部？
今(いま)、人気(にんき)のある映画(えいが)は何(なん)ですか。
ima,ninki no aru eega wa nan desuka

會上映到什麼時候？
いつまで上演(じょうえん)していますか。
itsumade jooen shite imasuka

下一場幾點上映？
次(つぎ)の上映(じょうえい)は何時(なんじ)ですか。
tsugi no jooee wa nanji desuka

幾分前可以進場？
何分前(なんぷんまえ)に入(はい)りますか。
nanpun-mae ni hairimasuka

芭蕾舞幾點開演？
バレエの上演(じょうえん)は何時(なんじ)ですか。
baree no jooen wa nanzi desuka

中間有休息嗎？
休憩(きゅうけい)はありますか。
kyuukee wa arimasuka

裡面可以喝果汁飲料嗎？
中(なか)でジュースを飲(の)んでいいですか。
naka de juusu o nonde ii desuka

7　唱卡拉OK去囉　T2- 26

［　　　］多少？

數量＋いくらですか。

ikura desuka

一小時
いち じ かん
一時間
ichijikan

一個人
ひ と り
一人
hitori

30分鐘
さんじゅっぷん
30 分
sanjuppun

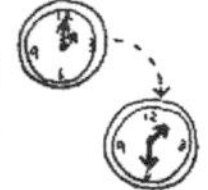

小孩／一個人
ひ と り
こども／一人
kodomo　hitori

果汁／一瓶
ひと
ジュース／一つ
juusu　hitotsu

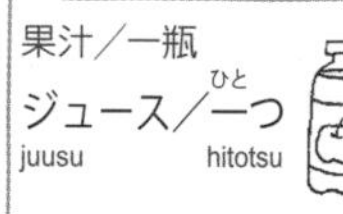

例句

去唱卡拉OK吧！
い
カラオケに行きましょう。
karaoke ni ikimashoo

基本消費多少？
き ほんりょうきん
基本料金はいくらですか。
kihon-ryookin wa ikuradesuka

可以續唱嗎？
えんちょう
延長はできますか。
enchoo wa dekimasuka

遙控器如何使用？
つか
リモコンはどうやって使いますか。
rimokon wa doo yatte tsukaimasuka

有什麼歌曲？
きょく
どんな曲がありますか。
donna kyoku ga arimasuka

我唱鄧麗君的歌。
わたし　うた
私は、テレサ・テンを歌います。
watashi wa teresa-ten o utaimasu

我想唱SMAP的歌。
うた　うた
SMAPの歌を歌いたいです。
smap no uta o utai tai desu

一起唱吧！
いっしょ　うた
一緒に歌いましょう。
issho ni utaimashoo

接下來唱什麼歌？
つぎ
次はなににしますか。
tsugi wa nani ni shimasuka

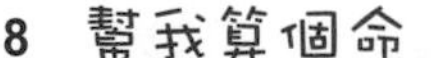

8 幫我算個命

T2-27

□的□如何？

時間＋の＋名詞 はどうですか。

no　wa doo desuka

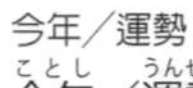

今年／運勢
今年（ことし）／運勢（うんせい）
kotoshi　unsee

明年／財運
来年（らいねん）／金銭運（きんせんうん）
rainen　kinsen-un

這個月／工作運
今月（こんげつ）／仕事運（しごとうん）
kongetsu　shigoto-un

這星期／愛情運勢
今週（こんしゅう）／愛情運（あいじょううん）
konshuu　aijoo-un

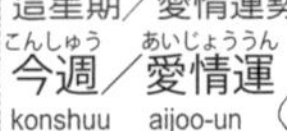

下星期／愛情運
来週（らいしゅう）／恋愛運（れんあいうん）
raishuu　renai-un

例句

我出生於1972年9月18日
1972（せんきゅうひゃくななじゅうに）年（ねん）9月（くがつ）18日（じゅうはちにち）生（う）まれです。
sen kyuuhyaku nanajuu ni nen kugatu juuhachinichi umaredesu

請幫我看看和男朋友合不合。
恋人（こいびと）との相性（あいしょう）を見（み）てください。
koibito tono aishoo o mite kudasai

什麼時候會遇到白馬王子（白雪公主）？
いつ相手（あいて）が現（あらわ）れますか。
itsu aite ga arawaremasuka

問題能解決嗎？
問題（もんだい）は解決（かいけつ）しますか。
mondai wa kaiketsu shimasuka

可能結婚嗎？
結婚（けっこん）できるでしょうか。
kekkon dekiru deshooka

幾歲犯太歲？
厄年（やくどし）は何歳（なんさい）ですか。
yaku-doshi wa nansai desuka

我是雞年生的。
私（わたし）は酉年（とりどし）です。
watashi wa toridoshi desu

可以買護身符嗎？
お守（まも）りを買（か）えますか。
omamori o kaemasuka

9 這附近有啤酒屋嗎？ T2-28

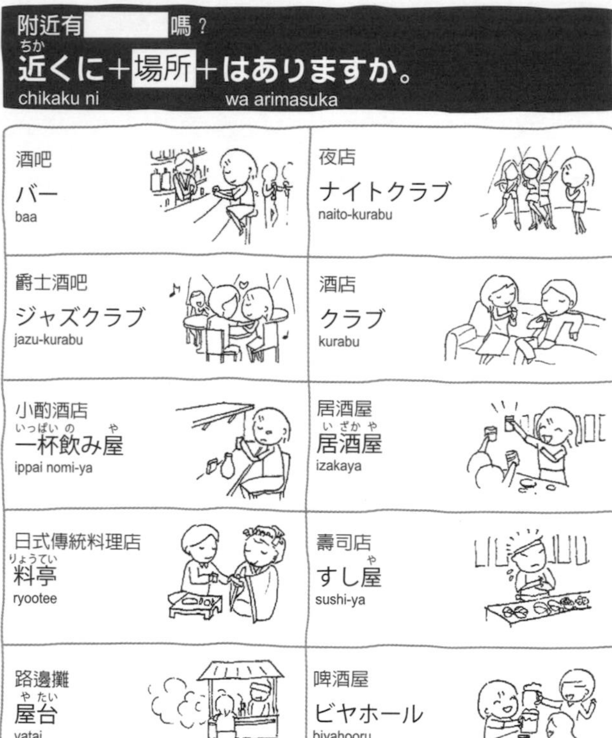

附近有＿＿＿嗎？

近(ちか)くに＋場所＋はありますか。

chikaku ni ... wa arimasuka

酒吧 バー baa	夜店 ナイトクラブ naito-kurabu
爵士酒吧 ジャズクラブ jazu-kurabu	酒店 クラブ kurabu
小酌酒店 一杯(いっぱい)飲(の)み屋(や) ippai nomi-ya	居酒屋 居酒屋(いざかや) izakaya
日式傳統料理店 料亭(りょうてい) ryootee	壽司店 すし屋(や) sushi-ya
路邊攤 屋台(やたい) yatai	啤酒屋 ビヤホール biyahooru

給我＿＿＿。

名詞をください。

o kudasai

雞尾酒 カクテル kakuteru 	啤酒 ビール biiru 
紅葡萄酒 あか 赤ワイン aka-wain 	白葡萄酒 しろ 白ワイン shiro-wain 
日本清酒 に ほんしゅ 日本酒 nihon-shu 	威士忌 ウィスキー uisukii 
白蘭地 ブランデー burandee 	香濱 シャンペン shanpen 
薑汁汽水 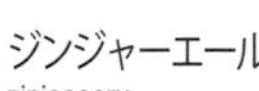 ジンジャーエール zinjaaeeru 	小酒菜 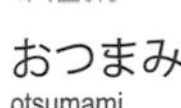 おつまみ otsumami 

例句

女性(じょせい)は2000円(にせんえん)です。 josee wa nisenen desu	女性要2000日圓。
音楽(おんがく)がいいですね。 ongaku ga ii desune	音樂不錯呢。
おつまみは何(なに)がいいですか。 otsumami wa nani ga ii desuka	要什麼下酒菜？
ジャズを聴(き)くのが好(す)きです。 jazu o kiku noga suki desu	喜歡聽爵士樂。
どんな曲(きょく)をやっていますか。 donna kyoku o yatte imasuka	演奏什麼曲子？
乾杯(かんぱい)しましょう。 kanpai shimashoo	來吧！乾杯！
ワインを飲(の)みましょうか。 wain o nomimashooka	喝葡萄酒吧！
ラストオーダーは何時(なんじ)ですか。 rasutooodaa wa nanji desuka	點菜可以點到幾點？

10 哇！全壘打 T2-29

例句

今天有巨人的比賽嗎？

きょう　きょじん　しあい
今日は巨人の試合がありますか。

kyoo wa kyojin no shiai ga arimasuka

哪兩隊的比賽？

たい　しあい
どこ対どこの試合ですか。

doko tai doko no shiai desuka

請給我兩張一壘方面的座位。

いちるいがわ　せき　にまい
一塁側の席を２枚ください。

ichirui-gawa no seki o nimai kudasai

可以坐這裡嗎？

すわ
ここに座ってもいいですか。

koko ni suwattemo ii desuka

請簽名。

サインをください。

sain o kudasai

你知道那位選手嗎？

せんしゅ　し
あの選手を知っていますか。

ano senshu o shitte imasuka

他很有人氣嘛！

かれ　にんき
彼は、人気がありますね。

kare wa ninki ga arimasune

啊！全壘打！

あ、ホームランになりました。

a,hoomuran ni narimashita

喝杯啤酒吧！

の
ビールを飲みましょう。

biiru o nomimashoo

好用單字

教練 かんとく 監督 kantoku 	三振 さんしん 三振 sanshin 	夜間棒球賽 ナイター naitaa  
棒球場 やきゅうじょう 野球場 yakyuu joo  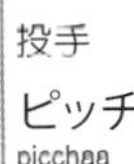	投手 ピッチャー picchaa 	捕手 キャッチャー kyacchaa 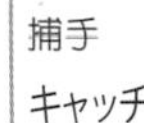 
打者 バッター battaa 	盜壘 とうるい 盗塁 toorui 	全壘打 ホームラン hoomuran 

1　我要一條裙子

在找＿＿＿＿。

衣服＋を探(さが)しています。

o sagashite imasu

西裝 スーツ suutsu 	連身裙 ワンピース wanpiisu
裙子 スカート sukaato 	褲子 ズボン zubon 
牛仔褲 ジーンズ ziinzu 	T恤 Tシャツ t shatsu 
輕便襯衫 カジュアルなシャツ kajuaru na shatsu 	Polo襯衫 ポロシャツ poro-shatsu 
女用襯衫 ブラウス burausu 	毛衣 セーター seetaa 
夾克 ジャケット jaketto 	外套 コート kooto 
內衣 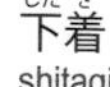下着(したぎ) shitagi 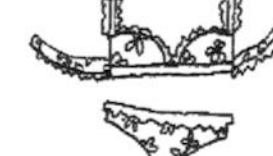	

泳衣
みずぎ
水着
mizugi

背心
ベスト
besuto

領帶
ネクタイ
nekutai

帽子
ぼうし
帽子
booshi

襪子
ソックス
sokkusu

太陽眼鏡
サングラス
san-gurasu

例句

婦女服飾賣場在哪裡？
ふじんふく う ば
婦人服売り場はどこですか。
fujinfuku uriba wa doko desuka

這個如何？
こちらはいかがですか。
kochira wa ikaga desuka

這條褲子如何？
このズボンはどうですか。
kono zubon wa doo desuka

有大號的嗎？
おお
大きいサイズはありますか。
ookii saizu wa arimasuka

想要棉製品的。
めん
綿のがほしいです。
men noga hoshii desu

可以用洗衣機洗嗎？
せんたくき あら
洗濯機で洗えますか。
sentakuki de araemasuka

蠻耐穿的樣子嘛！
じょうぶ
丈夫そうですね。
joobu soo desune

顏色不錯嘛！
いろ
いい色ですね。
ii iro desune

2 可以試穿一下嗎？  T2-31

可以＿＿嗎？

動詞＋もいいですか。
mo ii desuka

試穿
試着(しちゃく)して
shichakushite

戴戴看
かぶってみて
kabutte mite

摸
触(さわ)って
sawatte

配戴看看
つけてみて
tsukete mite

套套看
ちょっとはおって
chotto haotte

例句

那個讓我看一下。
それを見(み)せてください。
sore o misete kudasai

有沒有白色的？
白(しろ)いのはありませんか。
shiroi no wa arimasenka

需要乾洗嗎？
洗濯(せんたく)はドライですか。
sentaku wa dorai desuka

太花俏了。
ちょっと派手(はで)ですね。
chotto hade desune

那個也讓我看看。
そちらも見(み)せてください。
sochira mo misete kudasai

我喜歡。
気(き)に入(い)りました。
ki ni irimashita

有點小呢。
ちょっと小(ちい)さいですね。
chotto chiisai desune

這是麻嗎？
これは麻(あさ)ですか。
kore wa asa desuka

我要紅的。
赤(あか)いのがほしいです。
akai noga hoshii desu

有沒有再柔軟一些的？
もう少(すこ)し柔(やわ)らかいのはないですか。
moo sukoshi yawarakai nowa nai desuka

啊呀！這個不錯嘛！
ああ、これはいいですね。
aa,kore wa ii desune

3 我要這一件 T2-32

例句

有點長。
ちょっと長(なが)いです。
chotto nagai desu

長度可以改短一點嗎？
丈(たけ)をつめられますか。
take o tsumeraremasuka

顏色不錯呢。
色(いろ)がいいですね。
iro ga ii desune

非常喜歡。
とても気(き)に入(い)りました。
totemo ki ni irimashita

我要這個。
これにします。
kore ni shimasu

我要買。
決(き)めました。
kimemashita

我買這個。
これをいただきます。
kore o itadakimasu

請給我紅色的。
赤(あか)いほうをください。
akai hoo o kudasai

請幫我改一下袖子的長度。
袖(そで)の長(なが)さを直(なお)してほしいです。
sode no nagasa o naoshite hoshii desu

好用單字

白色 白(しろ) shiro 	紅色 赤(あか) aka 
黑色 黒(くろ) kuro 	藍色 青(あお) ao 

鞋子尺寸比較

台灣	4 1/2	5	5 1/2	6	6 1/2	7	7 1/2	8	8 1/2	9	9 1/2	10	10 1/2
日本	22	22.5	23	23.5	24	24.5	25	25.5	26	26.5	27	27.5	28

4 我要買涼鞋

T2- 33

想要＿＿＿＿。

鞋子＋がほしいです。
ga hoshii desu

休閒鞋 スニーカー suniikaa	涼鞋 サンダル sandaru	無帶淺口有跟女鞋 パンプス panpusu
無後跟的女鞋 ミュール myuuru	高跟鞋 ハイヒール haihiiru	短馬靴 ショートブーツ shooto-buutsu

登山鞋 トレッキングシューズ torekkingu-shuuzu	靴子 ブーツ buutsu	網球鞋 テニスシューズ tenisu-shuuzu	木屐 下駄（げた） geta 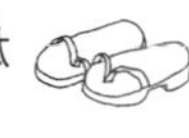

太＿＿＿＿。

形容詞＋すぎます。
sugimasu

大 大（おお）き ooki 		小 小（ちい）さ chiisa 
長 長（なが） naga  	短 短（みじか） mijika 	緊 きつ kitsu 
鬆 ゆる yuru 	高 高（たか） taka 	低 低（ひく） hiku 

5 就給我這一雙

我要＿＿＿。

形容詞の（なの）+がいいです。

no (nano) ga ii desu

牢固、堅固的
丈夫（じょうぶ）なの
joobu nano

鞋跟很高的
ヒールが高（たか）いの
hiiru ga takai no

咖啡色的
茶色（ちゃいろ）いの
chairoi no

小的
小（ちい）さいの
chiisai no

亮晶晶的
ぴかぴかなの
pikapika nano

白色的
白（しろ）いの
shiroi no

黑的
黒（くろ）いの
kuroi no

例句

有點緊。
ちょっときついです。
chotto kitsui desu

最受歡迎的是哪一雙？
一番人気（いちばんにんき）なのはどれですか。
ichiban ninki nano wa dore desuka

鞋帶可以調整的。
ひもを調整（ちょうせい）できます。
himo o choosee dekimasu

這是現在流行的款式。
これが今（いま）はやりです。
kore ga ima hayari desu

蠻好走路的。
歩（ある）きやすいですね。
aruki yasui desune

鞋跟太高了。
ヒールが高（たか）すぎます。
hiiru ga taka sugimasu

請給我這一雙。
これをください。
kore o kudasai

我決定買這一雙。
これに決（き）めました。
kore ni kimemashita

6 我要買土產送人 T2-35

給我＿＿＿。

數量＋ください。
kudasai

一個 ひと 一つ hitotsu	一張 いちまい 一枚 ichimai
一條，瓶 いっぽん 一本 ippon	一個 いっこ 一個 ikko
一台 いちだい 一台 ichidai	一本 いっさつ 一冊 issatsu

例句

有沒有適合送人的名產？
お土産（みやげ）にいいのはありますか。
omiyage ni ii nowa arimasuka

有招財貓嗎？
招（まね）き猫（ねこ）がありますか。
maneki-neko ga arimasuka

請包漂亮一點。
きれいに包（つつ）んでください。
kiree ni tsutsunde kudasai

這點心看起來很好吃。
このお菓子（かし）はおいしそうです。
kono okashi wa oishi soo desu

請分開包裝。
別々（べつべつ）に包（つつ）んでください。
betsubetsu ni tsutsunde kudasai

哪一個較受歡迎？
どれが人気（にんき）ありますか。
dore ga ninki arimasuka

請給我這豆沙包。
この饅頭（まんじゅう）をください。
kono manjuu o kudasai

你認為哪個好呢？
どれがいいと思（おも）いますか。
dore ga ii to omoimasuka

給我同樣的東西8個。
同（おな）じものを八（やっ）つください。
onaji mono o yattsu kudasai

7　便宜點啦  T2-36

請＿＿＿＿。

形容詞＋してください。

shite kudasai

便宜 やす 安く yasuku 	快 はや 早く hayaku 
（弄）小 ちい 小さく chiisaku 	（弄）好提 も 持ちやすく mochi yasuku 
（弄）漂亮 きれいに kiree ni 	再便宜一些 すこ　やす もう少し安く moo sukoshi yasuku 

例句

太貴了。
たか
高すぎます。
takasugimasu

2000日圓就買。
にせんえん　か
2000円なら買います。
nisenen nara kaimasu

最好是1萬日圓以內的東西。
いちまんえん いない　もの
1万円以内の物がいいです。
ichimanen inai no mono ga ii desu

那麼就不需要了。
それでは、いりません。
soredewa,irimasen

可以打一些折扣嗎？
すこ
少しまけてもらえませんか。
sukoshi makete moraemasenka

貴了一些。
たか
ちょっと高いですね。
chotto takai desune

預算不足。
よさん　た
予算が足りません。
yosan ga tarimasen

我會再來。
き
また来ます。
mata kimasu

8 我要刷卡　T2-37

要如何付款？	麻煩我用＿＿＿。
Q：お支払（しはら）いはどうなさいます。 oshiharai wa doo nasaimasu	A：名詞＋でお願（ねが）いします。 de onegai shimasu

刷卡 カード kaado	現金 現金（げんきん） genkin
旅行支票 トラベラーズチェック toraberaazu-chekku	這個 これ kore

要分幾次付款？	＿＿＿。
Q：お支払（しはら）い回数（かいすう）は？ oshiharai kaisuu wa	A：次数＋です。 desu

一次 一回（いっかい） ikkai 	一次付清 一括（いっかつ） ikkatsu 
六次 六回（ろっかい） rokkai 	十二次 十二回（じゅうにかい） juunikai 

例句

在哪裡結帳？
レジはどこですか。
reji wa doko desuka

能用這張信用卡嗎？
このカードは使（つか）えますか。
kono kaado wa tsukaemasuka

請在這裡簽名。
ここにサインをお願（ねが）いします。
koko ni sain o onegai shimasu

筆在哪裡？
ペンはどこですか。
pen wa doko desuka

在這裡簽名嗎？
サインは、ここですか。
sain wa koko desuka

這樣可以嗎？
これでいいですか。
kore de ii desuka

1　我喜歡日本漫畫　T2-38

我喜歡日本的＿＿＿。

日本(にほん)の＋名詞＋が好(す)きです。

nihon no　ga suki desu

慶典 お祭(まつり) omatsuri 	庭園 庭園(ていえん) teeen 	漫畫 漫画(まんが) manga 
文化 文化(ぶんか) bunka 	習慣 習慣(しゅうかん) shuukan 	連續劇 ドラマ dorama 

和服 着物(きもの) kimono 	茶道 茶道(さどう) sadoo 	花道 華道(かどう) kadoo 	歌 歌(うた) uta 

對日本的＿＿＿有興趣。

日本(にほん)の＋名詞＋に興味(きょうみ)があります。

nihon no　ni kyoomi ga arimasu

文化 文化(ぶんか) bunka 	經濟 経済(けいざい) keezai 	藝術 芸術(げいじゅつ) geejutsu 
歷史 歴史(れきし) rekishi 	運動 スポーツ supootsu 	繪畫 絵画(かいが) kaiga  

瓷器 陶器(とうき) tooki 	自然 自然(しぜん) shizen 	植物 植物(しょくぶつ) shokubutsu	演劇、戲劇 演劇(えんげき) engeki 

2 到德島看阿波舞 T2- 39

在＿＿＿有慶典。

場所＋で＋慶典＋があります。

de　　　ga arimasu

德島／阿波舞 とくしま　あわおど 徳島／阿波踊り tokushima awa-odori	東京／神田祭 とうきょう　かんだまつり 東京／神田祭 tookyoo kanda-matsuri
札幌／雪祭 さっぽろ　ゆきまつり 札幌／雪祭 sapporo yuki-matsuri	青森／驅魔祭 あおもり　まつり 青森／ねぶた祭 aomori nebuta-matsuri
京都／祇園祭 きょうと　ぎおんまつり 京都／祇園祭 kyooto gion-matsuri	秋田／燈籠祭 あきた　かんとうまつり 秋田／竿燈祭 akita kantoo-matsuri
博多／天神祭 はかた 博多／どんたく hakata dontaku	仙台／七夕祭 せんだい　たなばたまつり 仙台／七夕祭 sendai tanabata-matsuri
大阪／天神祭 おおさか　まつり 大阪／だんじり祭 oosaka danziri-matsuri	兵庫／打架祭 ひょうご　まつり 兵庫／けんか祭 hyoogo kenka-matsuri

例句

是什麼樣的慶典？

どんな祭（まつり）ですか。

donna matsuri desuka

什麼時候舉行？

いつありますか。

itsu arimasuka

怎麼去？

どうやって行（い）きますか。

dooyatte ikimasuka

哪個祭典有趣？

どの祭（まつ）りが面白（おもしろ）いですか。

dono matsuri ga omoshiroi desuka

有什麼節目？

何（なに）が見（み）られますか。

nani ga miraremasuka

任何人都能參加嗎？

誰（だれ）でも参加（さんか）できますか。

dare demo sanka dekimasuka

漂亮嗎？

きれいですか。

kiree desuka

想去看看。

見（み）に行（い）きたいです。

mi ni iki tai desu

想去。

行（い）ってみたいです。

itte mi tai desu

一起去吧！

一緒（いっしょ）に行（い）きましょう。

issho ni ikimashoo

明年一起去吧！

来年（らいねん）は行（い）きましょうね。

rainen wa ikimashoone

3　日本街道好乾淨　T2- 40

例句

市容很乾淨。
まち
町がきれいですね。
machi ga kiree desune

空氣很好。
くうき
空気がいいですね。
kuuki ga ii desune

庭院的花很可愛。
にわ　はな
庭の花がかわいいですね。
niwa no hana ga kawaii desune

人很親切。
ひと　しんせつ
人が親切ですね。
hito ga shinsetsu desune

年輕人很時髦。
わかもの
若者がおしゃれですね。
wakamono ga oshare desune

街道好乾淨喔！
みち　せいけつ
道が清潔ですね。
michi ga seeketsu desune

老年人好親切喔！
ろうじん　やさ
老人が優しいですね。
roozln ga yasashii desune

大家都好認真喔！
まじめ
みんな真面目ですね。
minna mazime desune

女性身材都好棒喔！
じょせい
女性はスタイルがいいですね。
josee wa sutairu ga ii desune

穿著真有品味！
ファッションがすてきですね。
fasshon ga suteki desune

男人看起來蠻溫柔喔！
だんせい　やさ
男性が優しそうですね。
dansee ga yasashi soo desune

小孩們很有精神喔！
げんき
こどもたちは元気ですね。
kodomo-tachi wa genki desune

街道好熱鬧喔！
まち　にぎ
街が賑やかですね。
machi ga nigiyaka desune

好用單字

山 やま 山 yama 	海 うみ 海 umi 
河川 かわ 川 kawa 	湖 みずうみ 湖 mizuumi 
瀑布 たき 滝 taki 	田園 でんえん 田園 denen 
草原 そうげん 草原 soogen 	港口 みなと 港 minato 
神社 じんじゃ 神社 jinja 	城 しろ 城 shiro 

1 唉呀！感冒了 T2-41

例句

想去看醫生。
いしゃ　い
医者に行きたいです。
isha ni ikitai desu

請叫醫生來。
いしゃ　よ
医者を呼んでください。
isha o yonde kudasai

請叫救護車。
きゅうきゅうしゃ　よ
救急車を呼んでください。
kyuukyuu-sha o yonde kudasai

醫院在哪裡？
びょういん
病院はどこですか。
byooin wa doko desuka

診療時間是幾點到幾點？
しんさつじかん　なんじ　なんじ
診察時間は何時から何時までですか。
shinsatsu-jikan wa nanzi kara nanzi made desuka

醫生在哪裡？
いしゃ
お医者さんはどこですか。
o-isha-san wa doko desuka

朋友倒下去了。
とも　たお
友だちが倒れました。
tomodachi ga taoremashita

有點發燒。
ねつ
熱があります。
netsu ga arimasu

身體不舒服。
きぶん　わる
気分が悪いです。
kibun ga warui desu

好用單字

感冒
かぜ
風邪
kaze

心臟病
しんぞうびょう
心臓病
shinzoo-byoo

高血壓
こうけつあつ
高血圧
koo-ketsuatsu

糖尿病
とうにょうびょう
糖尿病
toonyoo-byoo

胃潰瘍 いかいよう 胃潰瘍 ikaiyoo	肺炎 はいえん 肺炎 haien
花粉症 かふんしょう 花粉 症 kafun-shoo	流行性感冒 インフルエンザ infuruenza
氣喘 ぜんそく zenzoku	盲腸炎 もうちょう ちゅうすいえん 盲腸（虫垂炎） moochoo(chuusuien)
過敏 アレルギー arerugii	骨折 こっせつ 骨折 kossetsu
挫傷 ねんざ menza	便秘 べんぴ 便秘 benpi

2 我有點發冷 T2-42

怎麼了？

Q：どうしましたか？

doo shimashitaka

感到＿＿＿＿。

A：症状＋がします。

ga shimasu

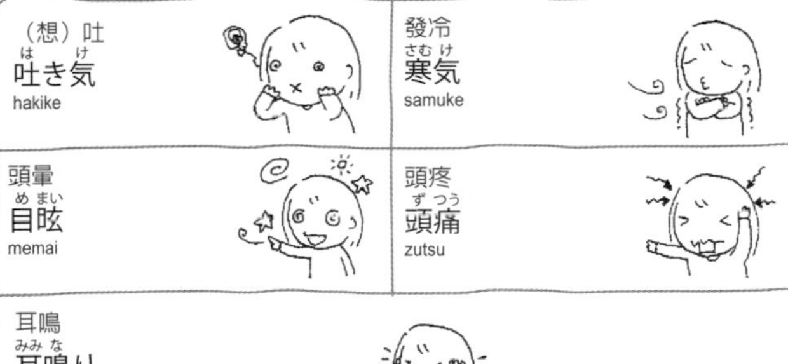

（想）吐 は　け 吐き気 hakike	發冷 さむ け 寒気 samuke
頭暈 め まい 目眩 memai	頭疼 ず つう 頭痛 zutsu
耳鳴 みみ な 耳鳴り miminari	

______痛。

身體+が痛(いた)いです。

ga itaidesu

頭 頭(あたま) atama 	肚子 お腹(なか) onaka 	手肘 腕(うで) ude 
腳 足(あし) ashi 	腰部 腰(こし) koshi 	眼睛 目(め) me 

耳朵 耳(みみ) mimi 	膝蓋 ひざ hiza 	牙齒 歯(は) ha 	喉嚨 のど nodo 

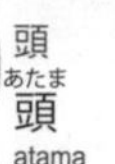

例句

會咳嗽。
咳(せき)が出(で)ます。
seki ga demasu

感冒了。
風邪(かぜ)を引(ひ)きました。
kaze o hikimashita

拉肚子。
下痢(げり)をしています。
geri o shite imasu

全身無力。
だるいです。
darui desu

不舒服。
気持(きも)ちが悪(わる)いです。
kimochi ga warui desu

打嗝打個不停。
しゃっくりが止(と)まりません。
shakkuri ga tomarimasen

沒有食慾。
食欲(しょくよく)がありません。
shokuyoku ga arimasen

發燒了。
熱(ねつ)があります。
netsu ga arimasu

3 請張開嘴巴 T2-43

例句

請躺下來。
横(よこ)になってください。
yoko ni natte kudasai

請深呼吸。
深呼吸(しんこきゅう)してください。
shinkokyuu shite kudasai

這裡會痛嗎？
この辺(へん)は痛(いた)いですか。
kono hen wa itai desuka

是食物中毒喔。
食(しょく)あたりですね。
shokuatari desune

請把衣服脫掉。
服(ふく)を脱(ぬ)いでください。
fuku o nuide kudasai

感覺如何？
気分(きぶん)はどうですか。
kibun wa doo desuka

請張開嘴巴。
口(くち)を開(あ)けてください。
kuchi o akete kudasai

請讓我看看眼睛。
目(め)を見(み)せてください。
me o misete kudasai

開藥方給你。
薬(くすり)を出(だ)します。
kusuri o dashimasu

塗上藥膏。
薬(くすり)を塗(ぬ)ります。
kusuri o nurimasu

好用單字

好像發燒 熱(ねつ)っぽい netsuppoi	很疲倦 だるい darui	流鼻水 鼻水(はなみず) khanamizu
打噴嚏 くしゃみ kushami	咳嗽 せき seki	紅腫 腫(は)れる hareru
汗 汗(あせ) ase	疼痛 痛(いた)み itami	痰 痰(たん) tan

4 一天吃三次藥

T2- 44

例句

一天請服三次藥。
薬(くすり)は一日三回(いちにちさんかい)飲(の)んでください。
kusuri wa ichinichi sankai nonde kudasai

請將這個軟膏塗抹在傷口上。
この軟膏(なんこう)を傷(きず)に塗(ぬ)ってくだい。
kono nankoo o kizu ni nutte kudasai

發燒時請吃這個藥。
熱(ねつ)が出(で)たら飲(の)んでください。
netsu ga detara nonde kudasai

是抗生素。
抗生物質(こうせいぶっしつ)です。
koosee-busshitsu desu

請在睡前吃藥。
寝(ね)る前(まえ)に飲(の)んでください。
neru mae ni nonde kudasai

我開三天份的藥。
薬(くすり)を三日分(みっかぶん)出(だ)します。
kusuri o mikka-bun dashimasu

請開診斷書給我。
診断書(しんだんしょ)をお願(ねが)いします。
shindansho o onegai shimasu

請在飯後服用。
食後(しょくご)に飲(の)んでください。
shokugo ni nonde kudasai

會過敏嗎？
アレルギーはありますか。
arerugii wa arimasuka

這是漱口用藥。
これはうがい薬(ぐすり)です。
kore wa ugai-gusuri desu

早中晚都要吃藥。
朝(あさ)、昼(ひる)、晩(ばん)に飲(の)んでください。
asa,hiru,ban ni nonde kudasai

請不要泡澡。
お風呂(ふろ)に入(はい)らないでくださいね。
o-furo ni hairanaide kudasaine

最好是戴上口罩。
マスクをつけた方(ほう)がいいです。
masuku o tsuketa hoo ga ii desu

請多保重。
お大事(だいじ)に。
odaiji ni

1 我的護照丟了 T2-45

＿＿＿不見了。

物品＋をなくしました。
o nakushimashita

信用卡 クレジットカード kurejitto-kaado 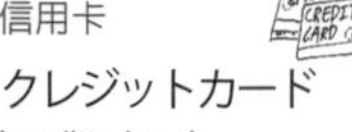	包包 かばん kaban 	月票 定期券（ていきけん） teeki-ken 
筆 ペン pen 	房間鑰匙 部屋（へや）の鍵 heya no kagi 	相機 カメラ kamera 

行李箱 スーツケース suutsu-keesu 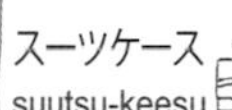	護照 パスポート pasupooto	萬用筆記本 手帳（てちょう） techoo	機票 航空券（こうくうけん） kookuuken

把＿＿＿忘在＿＿＿了。

場所＋に＋物＋を忘（わす）れました。
ni　o wasuremashita

電車／行李 電車（でんしゃ）／荷物（にもつ） densha　nimotsu 	房間／鑰匙 部屋（へや）／鍵 heya　kagi 
計程車／電腦 タクシー／パソコン takushii　pasokon 	公車／皮包 バス／バッグ basu　baggu

飯店／名產 ホテル／みやげ物（もの） hoteru　miyage-mono 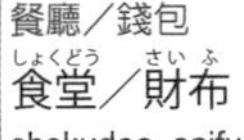	餐廳／錢包 食堂（しょくどう）／財布（さいふ） shokudoo　saifu	保險箱／護照 金庫（きんこ）／パスポート kinko　pasupooto 

2　我錢包被偷了

□被偷了。

物品＋を盗（ぬす）まれました。

o nusumaremashita

錢包 財布（さいふ） saifu 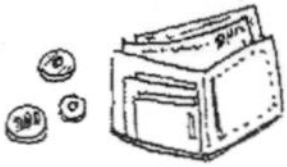	信用卡 クレジットカード kurejitto-kaado  CREDIT CARD
行李箱 スーツケース suutsu-keesu 	戒指 指輪（ゆびわ） yubiwa 
金融卡 キャッシュカード kyasshu-kaado 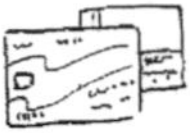	金錢 お金（かね） o-kane 
行李 荷物（にもつ） nimotsu 	項鍊 ネックレス nekkuresu 
筆記型電腦 ノートパソコン nooto-pasokon 	手錶 腕時計（うでどけい） ude-dokee 

犯人是＿＿＿。

犯人（はんにん）は＋人＋です。

hannin wa　　desu

年輕男性 若（わか）い男（おとこ） wakai otoko 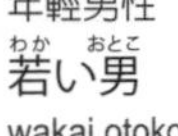	矮個子的男性 背（せ）の低（ひく）い男（おとこ） se no hikui otoko 
長髮的女性 髪（かみ）の長（なが）い女（おんな） kami no nagai onna 	帶著眼鏡的女性 めがねをかけた女（おんな） megane o kaketa onna 
戴眼鏡的男人 めがねをかけた男（おとこ） megane o kaketa otoko 	四十歲左右的女人 四十代（よんじゅうだい）の女（おんな） yonjuu-dai no onna 
年輕女生 若（わか）い女（おんな） wakai onna 	瘦瘦的男人 痩（や）せた男（おとこ） yaseta otoko 
胖的女人 太（ふと）った女（おんな） futotta onna 	戴著帽子的女人 帽子（ぼうし）をかぶった女（おんな） booshi o kabutta onna 
穿青色西裝的男人 青（あお）い背広（せびろ）の男（おとこ） aoi sebiro no otoko 	有鬍子的男人 髭（ひげ）のある男（おとこ） hige no aru otoko 

3 太好了！找到了！ T2- 47

例句

東西弄丟了。
落(おと)し物(もの)をしました。
otoshimono o shimashita

是黑色包包。
黒(くろ)いかばんです。
kuroi kaban desu

裡面有錢包和信用卡。
財布(さいふ)とカードが入(はい)っています。
saifu to kaado ga haitte imasu

希望能幫我打電話給發卡公司。
カード会社(かいしゃ)に電話(でんわ)してほしいです。
kaado-gaisha ni denwashite hoshii desu

請填寫遺失表格。
紛失届(ふんしつとど)けを書(か)いてください。
funshitsu-todoke o kaite kudasai

怎麼辦好？
どうしたらいいでしょう。
doo shitara ii deshoo

錢全部被拿去了。
お金(かね)を全部(ぜんぶ)取(と)られました。
o-kane o zenbu toraremashita

護照不見了。
パスポートがありません。
pasupooto ga arimasen

大概有十萬日圓在裡面。
10万円(じゅうまんえん)ぐらい入(はい)っていました。
juuman-en gurai haitte imashita

太好了，找到了。
あった。あった。
atta. atta

好用單字

警察 警察(けいさつ) keesatsu	身分證 身分(みぶん) 証明書(しょうめいしょ) mibun-shoomeesho	護照 パスポート pasupooto
金融卡 キャッシュカード kyasshu-kaado	聯絡 連絡(れんらく) renraku	申請（書） 届(とど)け todoke
小偷 泥棒(どろぼう) doroboo	遺失 紛失(ふんしつ) funshitsu	補發 再発行(さいはっこう) sai-hakkoo

附　　錄

基本單字

1. 數字（一）

1	1（いち）	ichi
2	2（に）	ni
3	3（さん）	san
4	4（よん／し）	yon/ shi
5	5（ご）	go
6	6（ろく）	roku
7	7（なな／しち）	nana/ shichi
8	8（はち）	hachi
9	9（く／きゅう）	ku/ kyuu
10	10（じゅう）	juu
11	11（じゅういち）	juuichi
12	12（じゅうに）	juuni
13	13（じゅうさん）	juusan
14	14（じゅうよん／じゅうし）	juuyon/ juushi
15	15（じゅうご）	juugo
16	16（じゅうろく）	juuroku
17	17（じゅうしち／じゅうなな）	juushichi/ juunana
18	18（じゅうはち）	juuhachi
19	19（じゅうく／じゅうきゅう）	juuku/ juukyuu
20	20（にじゅう）	nijuu
30	30（さんじゅう）	sanjuu
40	40（よんじゅう）	yonjuu
50	50（ごじゅう）	gojuu
60	60（ろくじゅう）	rokujuu

70	70（ななじゅう）	nanajuu
80	80（はちじゅう）	hachijuu
90	90（きゅうじゅう）	kyuujuu
100	100（ひゃく）	hyaku
101	101（ひゃくいち）	hyakuichi
102	102（ひゃくに）	hyakuni
103	103（ひゃくさん）	hyakusan
200	200（にひゃく）	nihyaku
300	300（さんびゃく）	sanbyaku
400	400（よんひゃく）	yonhyaku
500	500（ごひゃく）	gohyaku
600	600（ろっぴゃく）	roppyaku
700	700（ななひゃく）	nanahyaku
800	800（はっぴゃく）	happyaku
900	900（きゅうひゃく）	kyuuhyaku
1000	1000（せん）	sen
2000	2000（にせん）	nisen
5000	5000（ごせん）	gosen
10000	10000（いちまん）	ichiman

2. 數字（二）

一個	一（ひと）つ	hitotsu
二個	二（ふた）つ	futatsu
三個	三（みっ）つ	mittsu
四個	四（よっ）つ	yottsu
五個	五（いつ）つ	itsutsu
六個	六（むっ）つ	muttsu

七個	なな 七つ	nanatsu
八個	やっ 八つ	yattsu
九個	ここの 九つ	kokonotsu
十個	とお 十	too
幾個	いくつ	ikutsu

3. 月份

一月	いちがつ 一月	ichi-gatsu
二月	にがつ 二月	ni-gatsu
三月	さんがつ 三月	san-gatsu
四月	しがつ 四月	shi-gatsu
五月	ごがつ 五月	go-gatsu
六月	ろくがつ 六月	roku-gatsu
七月	しちがつ　ななかつ 七月／七月	shichi-gatsu/nana-gatsu
八月	はちがつ 八月	hachi-gatsu
九月	くがつ 九月	ku-gatsu
十月	じゅうがつ 十月	juu-gatsu
十一月	じゅういちがつ 十一月	juuichi-gatsu
十二月	じゅうにがつ 十二月	juuni-gatsu
幾月	なんがつ 何月	nan-gatsu

4. 星期

星期日	にちようび 日曜日	nichi-yoobi
星期一	げつようび 月曜日	getsu-yoobi
星期二	かようび 火曜日	ka-yoobi
星期三	すいようび 水曜日	sui-yoobi
星期四	もくようび 木曜日	moku-yoobi
星期五	きんようび 金曜日	kin-yoobi

星期六	土曜日	do-yoobi
星期幾	何曜日	nan-yoobi

5. 時間

一點	一時	ichi-ji
兩點	二時	ni-ji
三點	三時	san-ji
四點	四時	yo-ji
五點	五時	go-ji
六點	六時	roku-ji
七點	七時	shichi-ji
八點	八時	hachi-ji
九點	九時	ku-ji
十點	十時	juu-ji
十一點	十一時	juuichi-ji
十二點	十二時	juuni-ji
一點十五分	一時十五分	ichi-ji juugo-fun
一點三十分	一時三十分	ichi-ji sanju-ppun
一點四十五分	一時四 十五分	ichi-ji yonjuugo-fun
兩點十五分	二時十五分	ni-ji juugo-fun
兩點半	二時半	ni-ji han
兩點四十五分	二時四 十五分	ni-ji yonjuugo-fun
三點半	三時半	san-ji han
四點半	四時半	yo-ji han
五點半	五時半	go-ji han
六點十五分前	六時十五分前	roku-ji juugo-fun mae
七點整	七時ちょうど	shichi-ji choodo

八點過五分	八時五分過ぎ	hachi-ji go-fun sugi
幾點幾分	何時何分	nan-ji na-pun

日本文化

1. 文化及社會

花道	華道	kadoo
藝術	芸術	geejutsu
藝能	芸能	geenoo
香道	香道	koodoo
茶道	茶道	sadoo
盆栽	盆栽	bonsai
盆石、盆景	盆石	bonseki
日本歌舞伎	歌舞伎	kabuki
能樂	能楽	noogaku

2. 日本慶典

成人儀式	成人式	seejin-shiki
綠色紀念日	緑の日	midori no hi
盂藍節	お盆祭り	o-bon-matsuri
七夕	七夕祭り	tanabata-matsuri
煙火節	花火祭り	hanabi-matsuri
新年	お正月	o-shoogatsu
敬老節	敬老の日	keeroo no hi
憲法節	憲法の日	kenpoo no hi
體育節	体育の日	taiiku no hi
祇園祭典	祇園祭り	gion-matsuri
扛神轎	御神輿	o-mikoshi
盛岡SANSA舞蹈	盛岡さんさ踊り	morioka sansa-odori

草津溫泉節	草津温泉祭	kusatsu onsen matsuri
江之島煙火大會	江の島花火大会	enoshima hanabi-taikai
萬燈節	万灯祭	mantoo-matsuri
燈籠祭典	竿燈まつり	kantoo-matsuri
青森驅魔祭	青森ねぶた祭	aomori nebuta-matsuri
WASSHOI百萬夏日節	わっしょい百万夏まつり	wasshoi hyakumanatsu-matsuri
火之國節	火の国まつり	hinokuni-matsuri

3. 日本街道

工商業集中地區	下町	shitamachi
日本橋	日本橋	nihon-bashi
和服商店	呉服屋	gofuku-ya
日式點心店	和菓子屋	wagashi-ya
便當店	弁当屋	bentoo-ya
便利商店	コンビニ	konbini
藥房	薬屋	kusuri-ya
魚店	魚屋	sakana-ya
肉店	肉屋	niku-ya
蔬果菜店	八百屋	yao-ya
商店街	商店街	shooten-gai
歌舞伎町	歌舞伎町	kabuki-choo
道路	通り	toori
一號街	一番町	ichiban choo
古街	古道	kodoo
史蹟	史跡	shiseki
散步指南	ウォーキングの案内	uookingu no annai
街道地圖	町マップ	machi-mappu

輕便本 去日本玩說的日語這樣學就行啦

想學就學【01】

著　　者——西村惠子
發 行 人——林德勝
出 版 者——山田社文化事業有限公司
地　　址——臺北市大安區安和路112巷17號7樓
電　　話——02-2755-7622
傳　　真——02-2700-1887
經 銷 商——聯合發行股份有限公司
地　　址——新北市新店區寶橋路235巷6弄6號2樓
電　　話——02-2917-8022
傳　　真——02-2915-6275
印　　刷——上鎰數位科技印刷有限公司
法律顧問——林長振法律事務所　林長振律師

初　　版——2013年12月
書＋1MP3——新台幣220 元

STS
山田社
S S

STS

山田社